ブランデンブルク隊員の手記

出征・戦争・捕虜生活

ヒンリヒ=ボーイ・クリスティアンゼン［著］
大木 毅［監訳］
並木 均［訳］

並木書房

〈監訳者のことば〉

大戦を生き抜いた若者の記録

大木 毅

戦略的に重要な地点や施設を急襲、あるいは敵の重要人物の拉致や暗殺をはかるといった、コマンドやレンジャーによる特殊作戦は、戦後ながらく、米英を中心とする西側連合軍の専売特許のように思われてきた。それは日本のみならず、欧米においても同様であって、そうした特殊部隊のイメージは、ノンフィクションや映画、小説によって、広く流布されたのである。

しかしながら、少数精鋭の将兵により、敵の急所に痛打を与え、作戦的・戦略的な効果を上げることを目的とする特殊部隊は、ドイツ側にも存在していた。

ブランデンブルク部隊だ。

この部隊の起源や編制については、本書の付録5ならびに6に詳しく記されているので、ここでは屋上屋を架すことを避けて、同部隊の歴史のあらましだけを述べることにしよう。ブランデンブルク部隊は、一九三九年九月の対ポーランド戦を見据えて、国防軍最高司令部外国・防諜局によって創設された。「ブランデンブルク（Brandenburg）」の秘匿名称は、基幹要員がブランデンブルク／ハーフェル（ブランデンブルク・アン・デア・ハーフェル。ハーフェル河畔のブランデンブルクの意）市に集められたことに由来するといわれる。

私服、さらには対手《たいしゅ》の軍服を着用、主力に先んじて敵地深く潜行し、橋梁やトンネルなど、作戦・戦術上の要点を押さえるという戦法がポーランド侵攻で功を奏したことから、ブランデンブルク部隊は、大隊規模から連隊に拡大され、一九四二年末から四三年初頭になると、師団規模の兵力を擁するまでになった。

けれども、戦勢がドイツにとって不利な方向に傾き、特殊作戦の余地が少なくなるにつれ、ブランデンブルク部隊も通常戦闘を行なう野戦師団となり、一九四四年には装甲擲弾兵師団に改編された。ただし、特殊作戦要員およそ八〇〇ないし一〇〇〇名が、オットー・スコルツェニー親衛隊中佐が統轄する「SS遊撃隊（ヤークトフェアベンデ）」（SS-Jagdverbände）に転属している。また、特殊作戦の教育訓練要員は「選帝侯（クーアフュルスト）」連隊にまとめられ、こちらは敗戦まで存続した。

このような変遷をたどってきたブランデンブルク部隊が、いかなる作戦を実施したかについては、特殊部隊という性格からか、必ずしもあきらかにされてはこなかったが、最初はドイツ、ついで冷戦期の西側諸国において研究が進んだ。以後、「ドイツ版コマンド部隊」への冒険小説的興味も手伝って、ブランデンブルク部隊の歴史や戦例は急速に解明されるに至った。あいにく、そうした文献の多くは日本には紹介されていなかったが、最近ニュージーランドのノンフィクション作家によるものが翻訳出版され、貴重な一書となっている。(1)

だが、そうした華々しいエピソードとは裏腹に、大戦中盤、とくに独ソ開戦以降のブランデンブルク部隊の任務が、いわゆる「前線捜索」(Frontaufklärung)、敵戦線背後での破壊活動を主体とするものになっていったことは否めない。当然のことながら、かかる作戦は「決死隊」の性格を帯びており、ブランデンブルク隊員の平均死傷率は、通常部隊のそれをはるかに超えていたという。

ここに訳出された『ブランデンブルク隊員の手記――出征・戦争・捕虜生活』(2)は、ブランデンブルク隊員として、その「前線捜索」をたびたび経験したばかりか、敗戦後にはソ連に抑留され、虜囚の辛酸をなめた著者の回想記である。

著者ヒンリヒ=ボーイ・クリスティアンゼンの生い立ちや経歴については、本書の記述を参照していただきたいが、実際にブランデンブルク部隊の特殊作戦を体験した人物による手記であり、貴重な史料となっていることは敢えて強調するまでもなかろう。加えて、ソ連の収容所や監獄、脱走の試みなどの描写は、やはり得がたい証言と評価できる。

さりながら、著者クリスティアンゼンには、自身の数奇な前半生を世間に公開する気はなく、当初は家族のために伝え残すという目的で、この手記をしたためたという。それが、軍事史研究に携わり、多くの元国防軍将兵の手記や回想録を刊行していた編者ルドルフ・キンツィンガー（元連邦国防軍〔ブンデスヴェーア〕将校で、本職は技師である）の眼にとまり、オンデマンドの限られたかたちながら、出版されることになったのである。

ところが、そうした、いわばマイナーな形態で公表されたにもかかわらず、二〇一〇年に上梓されるや、本書は大きな評判となり、軍人や戦史の専門家のみならず、一般読者にまで注目された。たとえば、ドイツ・アマゾンで本書のページをみると、実に四一もの評価がついており、そのほとんどが五つ星を与えている（二〇二一年一二月一九日閲覧）。

監訳者も数年前に本書の原書を一読、深い感銘を受けた。単にブランデンブルク隊員による手記であるというだけでなく、ナチズムと戦争の時代を生きた「普通の」若者の率直な心の動きが活写されていると思われたからである。

昨今の歴史研究では、日記や手紙、手記といった「エゴ・ドキュメント」を活用した分析が脚光を浴びている。その意味では、本書も重要な「エゴ・ドキュメント」とみなすことができよう。

以後、本書を出版できないかと考えていたが、すでに多数の「筆債」を抱えた身であり、自分で訳すことは難しい。そこに、並木均氏という訳者を得、また並木書房編集部の賛同を得て、ようやく刊行にこぎつけた。
もしも、本書に接した読者が、監訳者同様の感銘を覚え、戦争と人間を考える一助としてくださるのであれば、これ以上の歓びはない。

追記。二〇二二年二月二四日、ロシアがウクライナに侵攻し、本書の舞台となったキエフ（キーウ）北方の地は再び戦場と化した。不幸なことではあるが、本書におけるプリピャチ湿地の戦闘やウクライナ人のロシア人に対する感情などの描写はアクチュアルな意味を持つことになってしまった。
本書が一日も早く「歴史書」に戻ることを祈りつつ、後世のために、この邦訳が刊行された時期の状況を付記しておく。

二〇二二年三月

〔註〕
（1）ローレンス・パターソン『ヒトラーの特殊部隊　ブランデンブルク隊』竹田円・北川蒼訳、原書房、二〇一九年）。
（2）Hinrich-Boy Christiansen, *Mit Hurra gegen die Wand. Erinnerungen eines "Brandenburgers" an Krieg und Gefangenschaft*（万歳を叫んで壁にぶつかっていく──ある「ブランデンブルク」隊員の戦争と虜囚生活の回想）, Norderstedt, 2010.

目次

〈監訳者のことば〉
大戦を生き抜いた若者の記録（大木　毅）　1

はじめに　9
1　運命の決断　11
2　対パルチザン作戦　20
3　ヴィテプスクをめぐる戦い　34
4　泥濘の主陣地の中で　58

5 湿地帯からイタリアへ 82
6 将校選抜課程 92
7 ヴィシャウでの士官教育 96
8 少尉として部隊に復帰 101
9 降伏の混乱 104
10 ソ連の捕虜に 108
11 ソ連の収容所 113
12 矯正労働二五年の有罪判決 131
13 脱走の準備 147
14 脱　走 153
15 再逮捕 161

16　二度目の有罪判決　172
17　ノヴォ＝チェルカスクの刑務所へ　187
18　帰郷　204

編集者による結び　213

付録1　参考・推奨文献　215
付録2　著者履歴　216
付録3　本書に登場する場所について（時系列順）　218
付録4　第90歩兵補充大隊（自動車化）　228
付録5　特殊部隊「ブランデンブルク」（1939年から）
「ブランデンブルク」師団（1943年4月1日から）　230
付録6　特殊部隊「ブランデンブルク」装甲擲弾兵師団　234
付録7　「シル」部隊（遊撃隊）　237
訳者あとがき（並木　均）　240

編集注：読みやすさを考慮して編集部において適宜改行を加えた。

はじめに

もともと、私はこの回想録を自分の家族用にだけ記していた。

われわれ世代の問題をより広範に知ってもらう機会をいま得たのだとすれば、望外のことである。

われわれは信じて騙された。

今になってもそれを非難しようというのであれば、そのために大勢が自らの生命をもって極めて高い代償を払ったことは忘れないでもらいたい。

本書を彼らに捧ぐ。

二〇一〇年一一月冬、ハンブルクにて

ヒンリヒ＝ボーイ・クリスティアンゼン

同じ仲間の2人――著者のヒンリヒ=ボーイ・クリスティアンゼン（右）と
父親のユリウス・クリスティアンゼン博士（1942年撮影）

1 運命の決断

ヴァンツベーク　一九四二年三月

新兵期間〔原注：第90歩兵補充大隊（自動車化）、駐屯地はヴァンツベーク〕も終わろうとする数日前、私は出しぬけに事務室に行くように命じられ、控えの間の一少尉のもとに出頭した。経歴や家族、なぜ国防軍に志願したのかについて手短に質問されたほか、語学（英語）の知識について二、三試された後、嬉しいことに、特殊部隊に入隊する気はないかと訊かれた。当然その意志はあったが、特殊作戦といってもどんなものになるのか、少しも分かっていなかった。だが、そのような打診に抗《あらが》うことができる一七歳の志願兵など、どこにいただろうか。

これをもって新兵暮らしが事実上おわった。われわれは数日間の帰宅を許されたものの、常に呼集に備えねばならないという条件付きだった。時を同じくして父が休暇に入ったので、数日は一緒にいることができた。私は当然のことながら特殊部隊に選抜されたことを鼻高々に語った。それについてその時点までに知っていたのは、特務第８００連隊「ブランデンブルク」らしいということだった。

当然、私は「特務」という秘密めいた響きの名称に魅了されていた。父の反応は、「そいつは素晴らしい、それじゃわれわれは同じ仲間ってわけだな」というそっけないものだった〔原注：私の父は予備役将校としてアプヴェーア（国防軍情報部）に召集され、この当時は第Ⅲ課F（カウンターエスピオナージ）所属のアプヴェーア分遣隊の一隊長であり、ヴィルナに駐在していた〕。

かくして、新兵期間が終わってからは家でしばらく過すことができた。しかし、それが続いたのも三、四日であり、ヴァンツベークの新兵教育隊に直ちに出頭せよとの通知が電報で届いた。われわれ全員が完全武装の恰好をさせられた。ザラザーニ服〔原注：閲兵用の制服を意味する兵隊用語。10頁の写真参照〕〔監訳注：「ザラザーニ」は、両大戦間期にドレスデンを拠点に活躍した有名なサーカス団〕を手渡されたわれわれは、今や「本物の兵士」に見えた。

メーゼリッツ／ヒンターポンメルン　一九四二年四月

しかし、新兵仲間の大部分が東部戦線行きの船に搭乗する一方、われわれ七人は目的地も告げられずに一軍曹によってまずはベルリンに連れて行かれた。そこから翌日、鉄路でさらに先に向かい、夜遅くなってどこかで降ろされた後に、トラックでなおも先に運ばれた。

暗闇の中で辛うじて分かったのは、これは広大な施設に違いなく、森林地帯の中にあって、居住バラックもあるということだった。これからどうなるのですかとわれわれが訊くと、「まずはぐっすり寝ろ。明朝一〇時頃に点呼だから、そのときになれば分かる」という全く軍隊らしくない返事をもらった。

期待感が高まり、失望することはなかった。翌朝、起床したちょうどそのとき、われわれの兵舎の前の道で行軍歌が鳴り響いたが、何語で歌われているのか分からなかった。窓に駆け寄って見ると、なんたることか、ソ連軍の制服を着た部隊がプロイセン風のきびきびした行進をしているではないか。

落ち着きを取り戻すか取り戻さないうちに、もっと奇妙なものがわれわれの前を通り過ぎていった。最初に現れたのは誇らしげな痩身《そうしん》の騎手で、騎兵大尉の制服を着ており、ほっそりした褐色の顔には大きな口髭がたくわえられていた。

ドイツ国防軍の中にあって、少なくとも見た目が異色なこの将校に続いてやってきたのは、四〇人から五〇人ほどの人影であり、小銃を落とさずに歩調を揃えようと一生懸命だったものの、大してうまくいっていなかった。だが、いちばん驚いたのは、この部隊は確かにドイツ軍の制服を着てはいるが、頭巾《ずきん》として被っているのが……緑のターバンであることだった。

われわれはだんだんと、何と奇妙な集団のもとに来てしまったのかと思い始めた。その場所はメーゼリッツ〔原注：当時のヒンターポンメルンに所在、グライフェンブルク南東、現在はポーランド〕近郊の、い

視察を受ける「インド人義勇軍」隊員

わゆる第4「ミミズ宿営地」〔原注：メーゼリッツの南西約八キロメートルにあった練兵場〕だった。

もっとも、「近郊」というのはいささか誇張が過ぎる。日曜日の午後に映画館に行こうにも、往復でそれぞれ約二時間歩かねばならなかった。しかも周囲には原野と森、そして砂地しかなかった。さりながら、それを除けば、我慢すべきことはさほど多くなかった。

口調は全般的に軍隊式とはかけ離れており、給養は良いし、訓練は捜索部隊の行動を拡張した歩兵訓練だった。私はいわゆるV小隊に配属された。ここではアプヴェーアに召集された在外ドイツ人に対し、軍人としての基本原理が教えられることになっていた。

新兵期間を終えていたわれわれは、ある種の基幹要員を形成した。訓練はほかにも、爆発物の取り扱い方、未知の土地での振る舞い方、発電所などの目標物の探り方、さらには、縫い針からコンパスを作る方法といった、ちょっとした技術も含まれた〔原注：のちにスヴェルドロフスク近くの労働収容所から仲間ともども脱走した際も、こうしたちょっとした技術が役立った」。

こうした雰囲気——その中で全てが実施された——と、その関係者こそ、「ブランデンブルク隊員《ブランデンブルガー》」の典型だった。これについては二、三の例を挙げれば十分だろう。たとえば、われわれの中隊長ファッター大尉は、六〇歳を優に超えた白髪の元オーストリア・ハンガリー帝国将校で、胸には勲章の略綬を付けており、その中にはオーストリアの勇武章金章も含まれた。朝の中隊点呼を行なう際のやり方も独特だった。彼は点呼報告を受けるともったいぶった歩調で閲兵し、一人ひとりの兵の目をまじまじと見つめるのだった。

実際、彼がいつも使っている決まり文句の一つは、「諸君、私が目を覗き込んだときは……」というものだった。ところが、状況をしっかり把握していないことも時々あった。ある点呼の際、大尉が突如としてこう命じた。「気をつけ！　担え銃！」。隊の状況について大尉に報告していた少尉——私をハンブルクで徴募した当の本人——は、われわれが銃を一挺も持っていないことを彼に気づかせた。ファッター大尉は詫びたものの、最後はきっちり締めくくる必要があるということで、次の号令として来たのは、「立て銃、休め！」だった。

私の記憶では、大隊長は世界漫遊旅行者にして作家のハルトマン少佐であり、同少佐は第一次世界大戦ではトルコで戦ったため、トルコ三日月章〔原注：おそらくドイツとオーストリアで「鉄三日月」（トルコ語：Harp Madalyası）との名称で知られるオスマン帝国の勲章であろう。一九一五年三月一日にスルタン・メフメト五世によって制定され、等級は一段位のみ〕を授与されていた。彼はその後、海に出て南米で数年間を過ごした。そして、いつどこでかは不詳だが右腕を失った。そのため左手で敬礼し、それを右のこめかみに当てるのだった。

ある日、南欧系の男が一人入ってきたが、横柄《おうへい》で身だしなみもあまり良くなかったので、皆に好かれていなかった。教育係の下士官たちも同じで、彼にそれを気づかせようとしていた。彼は三週間ほど一緒にいたが、突如として事務室への異動を命じられ、少尉として戻ってきた！　謎はすぐに解けた。われらが友人は確かに兵卒としてアプヴェーアに召集されてはいたものの、以前はイタリア軍で勤務しており、そこで少尉まで進級していたのである。遅ればせながらも、その階級に復帰したというわけだ。今や彼が階級にものを言わせる番だった。ありがたいことに、彼はすぐに姿を消した。

南米からドイツにやってきたある商人は、軍人にはまるで向いていない善人だったが、判然としない理由で下士官として召集されており、その役職を果たさねばならなかった。もちろん、その中には、夕方に居室を点検するＵｖＤ〔原注：Unteroffizier vom Dienst=当番下士官〕としての役目もあった。彼は礼儀正しい人間だったので、入室前はノックを欠かさなかった。軍隊勤務をいやがっているのはあきらかで、最初の頃など、自分が点検することになっている部屋に入る前にもヘルメットを外したものだというううわさが流れていた。

職務が簡単だったことも相まって、雰囲気は総じておもしろく、当初は非常に楽しく思えたが、こうした状況が一年以上も続いた。志願していた私は、よりによってずっと兵舎勤務をせねばならなかった！　転属しようと奮闘したにもかかわらず、中隊に格上げされたこのV小隊に残留した。しかも、私の給与手帳には「本国戦域に動員」と記載されていたものの、代わる代わるやってくる新兵と共に何度も同じ歩兵訓練をして、実際に出動することはなかったのだ！

ブランデンブルク／ハーフェルのゲネラールフェルトツォイクマイスター兵舎

ブランデンブルク／ハーフェル　一九四二年八月

一九四二年夏、わが部隊はブランデンブルク／ハーフェルに移動し、帝政時代にできた兵舎に収容された〔原注：一八八〇年頃にフランスの賠償を基に策定された兵舎建造計画によって建造された建物で、マクデブルガー通りにあった〕。この建物は古いレンガ造りで、部屋の天井が高くて廊下は狭く、「砲兵総監《ゲネラールフェルトツォイクマイスター》兵舎」〔監訳注：「砲兵総監」Generalfeldzeugmeister は一八五四年に公子カール・フォン・プロイセンに与えられた称号〕と呼ばれていた。

もちろん、ブランデンブルクという場所には利点もあった。映画館が三つ、劇場が一つ、レストランが数軒あったほか、何よりも、週末休暇が延長された際には実家に帰ることができた。

デューレン　一九四三年二月

一九四三年二月、私はある降下猟兵〔監訳注：空挺部隊のこと〕中隊に配属されることになったが、ひどく気が萎えたことに、メガネをかけているという理由で却下されてしまった。代わりに下士官教育課程に派遣されたものの、課程参加者が部隊の再編に向けてさまざまな実戦部隊に配属されたため、予定よりも早く打ち切られてしまった。

私はほかの何人かと共にデューレンに向かった。ようやく出動できるという私の願いはまたも裏切られた。われわれが配属されることになっていた部隊は、依然として前線にいた。

新たな環境で良かった点は、何かしらの規則的な勤務がほとんどないことだった。新参者はありとあらゆる方面や国防軍部隊からノコノコとやってきて、かなり自由放埒に過ごすようになった。当然のことながら私はカンカンに怒ったが、健康だったし、少なくともまだ生きていた。そうした状況に感謝すべきとは、当時はまだ分かっていなかった。

デューレンでの勤務は徐々にいくらかおもしろくなってきた。われわれは平服を着用し、たとえば警戒地域への潜入といった練習をしたが、その際の私服は自分で調達する必要があった。しかし、これはさほど難しいことではなかった。周辺の村民はそのことを知っていたし、われわれがどんな部隊かも熟知していた。

通常勤務からの息抜きとなったのが、師団当直のために二週間ベルリンに派遣されることだった

〔原注：「ブランデンブルク」師団は国防軍最高司令部直轄であり、その部隊はあらゆる戦域に投入されたため、師団司令部はベルリンにあった〕。当直勤務を二四時間すると、その穴埋めとして自由時間を二四時間もらえた。司令部が定期的に上等な劇場チケットを手に入れていたので、私はほぼ二日に一回、晩にベルリンの大劇場に出かけ、当時有名な映画俳優の舞台を多く鑑賞できた。『コメディアンのキャバレー』で演じたハインツ・エアハルト〔原注：ドイツの俳優（一九〇四～一九七九年）〕には、本当に笑わされた。

ヒンネ〔原注：私の父方のおじ〕とその家族を訪ねたことも時々あった。彼はロシアに出征したが、左腕が動かなくなるほどの重傷を負ったので、もはや軍人として働くことはできなかった。私の記憶では、彼は大学で経営学の勉強を始めていた。

ベルリンで歩哨として

五月末に再び休暇があった後、待ち焦がれた前線への出発の瞬間がようやくやってきた。その前に些細な障害がなおもあった。私は中隊伝令兼ラッパ手として配属されたので、服務規定によって信号ラッパを吹かねばならなかった。そこで、勤務後に空の車庫に赴き、ほどほどに練習した。ひどい音がしたことは間違いないが、所期の目的には十分だっただろう。

2 対パルチザン作戦

ヴィテプスク　一九四三年七月

ヴィテプスク〔原注：ベラルーシ北部の都市〕に向かう途中、われわれを乗せた輸送隊はヴィルナ〔原注：リトアニアの首都〕に四時間停車した。私は、アプヴェーア分遣隊長としてそこに駐在している父に連絡をとる機会を得たため、二時間の休暇を使って父と過ごすことができた。

われわれの輸送隊はヴィルナから東進し、一九四三年七月五日に最終目的地のプストシカ〔原注：ロシアのプスコフ州に所在〕という名の小都市に到着したが、ここはあらゆる部隊の兵隊であふれかえっていた。パルチザン活動が活発だったため、中隊は各拠点からイドリッツァ—ソコルニキ間の鉄道線を確保せよと命じられた。

私の日記には次のように簡単に記載されている。

「一九四三年七月七日：われわれの拠点に向けて出発。皆、ご機嫌なようだ。部屋は一つ。中には大きなストーブと机があるのみ。半分は幕舎で寝なければならない。近くには水浴びと釣りのできる湖が一つ。娯楽施設はサウナのみ。ハエと蚊にひどく悩まされる。夕方になると婦人が牛乳を持ってきてくれる。子供は非常に人懐っこく、ドイツ人の子供とほとんど変わらず、金髪で小ぎれいにしている。昨日は歩哨として初めてロシア人を立ち止まらせ、検査した。急にロシア語を話さねばならなくなったので、少し困った。というのも、私が知っているロシア語といえば「ストーイ！」〔原注：「止まれ！」〕だけだからだ」

住民との関係には大きな心理的葛藤があった。配給タバコと卵を交換するため、ロシア語のできる仲間と時おり訪れた近村の住民は友好的で、あからさまに拒絶することなくわれわれに接してくれた。招待を受けることとすらあった。それについて、私の日記にはこう書かれている。

「一九四三年七月二四日：われわれの住居から二〇〇メートルほど離れた場所に、ロシアの普通の小屋が一軒あった。土曜日や祝日になると、周囲の村からロシア人の娘がやってくる上、われわれも招待され、皆で踊り、歌い、話し、とても楽しい。女性は踊りがうまい。踊りには飾り気が全くなく、音楽はそれ自体どこか単調で、足に来る。私の最初の踊りは失敗だった。哀れな女の素足を踏み続けたのである……」

当然のことながら、われわれにこれほど友好的に接してくれた人間の中にも、鉄道に地雷を敷設するパルチザンと関係がある者がいることは承知していた。鉄道は定期的に点検せねばならなかった。

ちなみに、これは途方もなく嫌な作業だった！　枕木が不規則に敷かれ、線路の上を進むのが難しかったから、というだけではない。忌々しいブツを見つけるため、というよりも、自分が宙に吹き飛ばされないように、いつも下を向いていなければならず、しかもその際は、先が見えないほど深い森の中を通ることが多い線路の盛土の上を、標的さながらに歩くのだから。次の拠点まで一五～二〇キロメートル行って戻ってくるとヘトヘトになってもおかしくなかったし、参ってしまうのは肉体だけではなかった。

われわれの義勇兵〔監訳注：この場合は、ドイツ国防軍が採用した反スターリン主義の現地人部隊（ウクライナ人やコーカサス諸民族など）〕は、住民との関係という問題にうまく対処しているようだった。私は次第に、彼らの方が住民をはるかに厳しく扱っていることに気づいた。おそらくロシア人に対するコーカサス人とウクライナ人の昔ながらの憎しみが何度も込み上げてきたのだろう。

われわれの拠点はわりと静かであり、私のように冒険に飢えている者には静かすぎるほどだった。暑さ、ハエ、単調な歩哨勤務、絶え間ない偵察行動は辛かった。とはいえ、われわれが見張っている鉄道線の状況が落ち着いていないことは推測できた。なぜなら、沿線で撃ち合いが突然あったり、地雷が発見されたりすることが何度もあったからである。

このときの事件については、伝えるべきことがもう一つある。ある拠点には、義勇兵だけで構成された第4中隊が置かれていた。おそらく地元のパルチザン部隊と連絡した後、この義勇兵たちは一晩で中隊長を含むドイツ軍の幹部要員を殺害したあげくに、パルチザンに寝返ったのである。直ちに追跡活動が開始されたが、成果はなかった。この一件が解明されることは、私の知る限りなかった。

七月二八日、われわれはようやく任を解かれ、ヴィテプスク付近に移動したが、その目的は、同地域で活動するパルチザン部隊を探り出し、これと戦うことだった。破壊されたヴィテプスクがはっきりと印象に残っている。

「一九四三年七月二九日……ヴィテプスク自体がほとんど破壊されている。赤い夕空を背にした薄暗い家々の瓦礫がロマンチックな光景を呈している。だが、ハンブルクも同じように見えるのだろうと思うと、この光景の美しさも萎えてしまった」

フェルデンでの帰省休暇　一九四三年八月

私は当初、ハンブルクで何が起きたのか、ほんの少ししか知らなかった。われわれが入手できる唯一の情報源は国防軍発表だけだったが〔監訳注：「国防軍発表」は日本の大本営発表に相当する軍の公式発表。通常ラジオ放送されたが、ここでいう「国防軍発表」はそれを印刷に付したものと思われる〕、毎日受け取れるわけでもなく、受け取れたとしても遅配となったものだけだった。そうしたことから、私は過剰に心配しないようにしていた。八月五日の夕方になって、やっと父からわが隊宛の電報を受け取った。その知らせによれば、ハンブルクのわが家が完全に倒壊したものの、母と祖母、弟は命拾いし、今は

わが家で残っていたのはこれで全部だった。

フェルデンの親戚のもとにいるとのことだった。

私はすぐに二〇日間の特別休暇をとり、ドイツに向かったが、「家に帰る」ことはできなかった。もう家はなかったのだから。前線休暇列車はヴィルナを経由し、私は父に会うためそこで降りたが、むろん父は私が現れるとは思っていなかった。この晩、父はポーランド人連絡員の一人とヴィルナで会う約束をしていたため、私をあっさり同伴させた。

私の記憶では、彼は博士某だった。ドイツ語を流暢に話し、ヨーロッパ思想を通じたナショナリズムの克服を支持していた。ともかくも、われわれはほとんど夜通しこのテーマについて話し合った。その際はポーランド産ウォッカもたっぷり飲んだ！　父と私が午前二時頃に夜のヴィルナを歩いて父の宿舎に帰る際には、安全のため、博士某の非常に可愛らしい親戚の「護衛」を受けた。

その後、われわれは長らく一緒に座っておしゃべりした。主な話題は、もちろんハンブルクでの出来事と、今後どうなるかだった。洗いざらい話して二人とも気が楽になって良かった。翌日の昼、私は旅路を続けることになった。父は、業務が許せばすぐに後に続くつもりだった。八月一〇日、私はフェルデンに到着した。

母は顔色が悪く、疲れ果てているように見えたが――少なくとも外見上は――落ち着きはらっていた。父と二人でここ二〇年にわたって築き上げてきたものを全て失ったにもかかわらず。必要不可欠な衣類さえなかった。母が持っている物といえば、身に着けているものだけだった。私がいることで少しは母の慰めになった。さらに、父もすぐに到着することになっていた。幸いにも、われわれはヴェスターラントにも家を持っていたので、母は他人のもとではなく自分たちの家にまた住めると、希望を持っていた。

とはいえ、家のあるジュルト島は要塞地区になったといわれていたので、移住許可が下りるかどうか依然としてはっきりしなかった。母がいちばん心配していたのは私の弟〔原注：カール・クリスティアンゼン（一九二五年六月二八日生、一九四五年四月九日没）〕であり、分かっているのはリューベックの兵舎にいるはずということだけだった。

あの当時に当たり前だった規範がどんなものか、今ではほとんど想像もつかないだろう。私の弟は空襲の直前、一九四三年八月一日にハンブルクの工兵部隊に出頭するよう召集令状を受け取っていた。したがって、弟が皆に別れを告げ、最寄りの防衛管区司令部に出頭することに関しては、弟にも母にも何の疑問もなかった。二人にとって、よりによってこの状況の中で別れねばならないことは恐ろしく困難なことだった。だが、己の義務を果たさねばという当時の支配的な考え方はほかの選択肢を許さず、それについてそれ以上の説明はいらないほど、あまりに当然に受け止められていたのである。

家族の問題についてはこれ以上ここで語ろうとは思わないが、それが解決してから私は再び東方に戻った。ドイツ諸都市への連合軍の空襲という問題と、それが部隊の士気に与える影響に国防軍がいかに熱心に取り組んでいたかは、第3装甲軍司令部の軍命令から明らかである。それには次のように記されている。

「休暇者には特段の配慮が求められる。休暇の開始にあたっては、駅で休暇者新聞が掲示されるが、これは、空襲で破壊された地域では休暇者に何が求められるかの心構えを示すものである。休暇者は帰任に際して別の新聞を受け取るが、これはわが戦況のプラス面を示すものであり、不都合な印象を休暇者に長期かつ強烈に負わせるのを防ぐためである。さらに部隊長は、休暇者の休暇開始前と帰任時に、本人を動揺させるような問題につき、本人に話しておくものとする」

ヴィテプスクの南西　一九四三年九月

その間、わが部隊は何度も移動していたので、私は一九四三年九月三日にヴィテプスク南西地域に到着するまで、可能な限りのあらゆる車輌に乗って悪路を通過するという骨の折れる日々を過ごさね

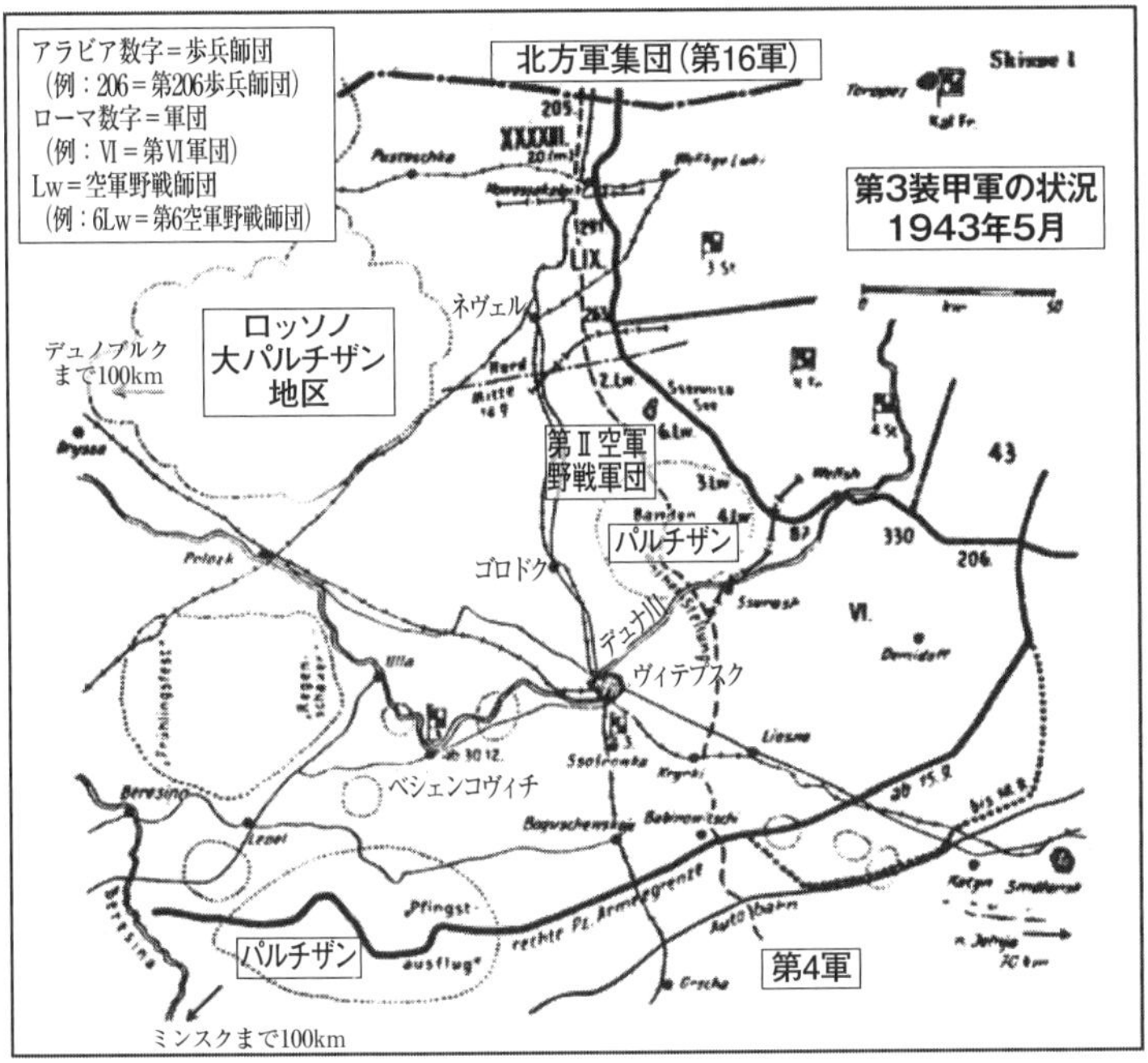

中隊の作戦地帯

ばならなかった。今回の任務はもはや線路を警備することではなく、パルチザン部隊を探知してこれと戦うことだった。これでは、われわれがどんな問題に対処せねばならなかったか、漠然としか分からないだろう。それは、兵士にとってこれ以上ないほど嫌な戦闘形態だった〔原注：今日では「非対称戦」という専門用語で呼ばれる〕。

敵は決して表に現れなかった。森に隠れ、そこからドイツ軍部隊や補給施設を襲撃した。われわれに探知された敵はそこで戦わねばならなかったが、平服あるいはドイツ軍の制服まで着用して、女子供を動員していた。われわれが車輌で通る道には地雷があることを常に見込んでおく必要があった。それらは、日中に人懐っこく微笑んでくれた少女たちが夜に敷設したものかもしれなかった。

この特殊な任務を遂行する際に使用される行動様式について、いくつか説明しておこう。

待ち伏せ斥候

●通常は夜間に実施された「待ち伏せ斥候」においては、パルチザンに物資を供給するソ連機の着陸地点を発見することが主たる目的だった。これらはたいてい小型の旧式複葉機で、そのエンジン音は離着陸時にはっきり聞こえた。「待ち伏せ斥候」は、同じ場所に長時間留まることも時にあり、その後に交代するのが普通だった。私の九月七日付け日記には、たとえばそうした作戦の一つが記載されている。「夜間の待ち伏せ斥候。すでにひどく寒いが、イワン〔訳注：ソ連軍〕の飛行機の動向を観察するのはおもしろい。一機がわれわれの目と鼻の先二キロメートルに着陸する。地上から発光信号が上がるのがはっきり見えた」

●「縦深斥候」は、パルチザン部隊がいると思われる地帯、すなわち敵の後背地深くに赴くものだった。

●「偽装作戦」は、ソ連軍の制服あるいは平服を着て行なうものだった。

奇襲や罠については常に想定しておかねばならず、絶えざる不安は次のような事実によって増大した。つまり、われわれの義勇兵は限定的にしか信用できないということだった。ある事件がそのことを明示しているかもしれない。一九四三年九月五日付けの私の日記にはこうある。

斥候

「われわれのVマン〔原注：われわれの義勇兵はこの名称でも呼ばれることがあった〕〔訳注：この語は通常は「秘密連絡員」「内通者」などを意味する〕のうち、五人を逮捕せねばならない。おそらく村の一少女を通じてパルチザンとつながっているのだろう。その少女を夜に家から連れ出す。その後、中隊に対するとんでもない襲撃計画が発覚した。パルチザンと合同でわれわれを襲おうとしていたのだ。パルチ一人のVマンが射殺された。残りは投獄される……」

前日には、われわれの給養車一台が地雷を踏み、その二時間後にはＶＷ〔訳注：フォルクスワーゲン〕一台の下で爆弾が爆発した。運転手は最悪の状態だった。彼が横たわっているのが見えた。実に恐ろしい光景だった。顔全体に火傷を負っており、足は辛うじて肉片にぶら下がっていた。負傷者の中には、中隊本部班長としてシェーファー伍長と交代した直属の上官もいた。彼は南アフリカ出身で、私を熱心に鍛えてくれたので、前任の上官よりも彼との方が断然うまくいった。私は、戦闘関連のスケッチも含め、中隊の戦闘報告のほぼ全てを書かねばならなかったほか、われわれの村の防御計画を立てるのを許され、これが採用された上、大変うれしいことに、ＲＯＢ（Reserve-Offizier-Bewerber：予備士官候補生）に推薦された。

前述したような作戦には特殊な装備や訓練が必要だった。しかし、とりわけ重要なのは互いに絶対的に信頼できるチームだった。そこで、中隊の構成と上官について手短に説明しておこう。

義勇兵についてはすでに述べたが、それ以外にもズデーテン・ドイツ人〔監訳注：チェコスロヴァキアのズデーテン地方に居住していたドイツ系民族集団〕の大きなグループがあり、そのほとんどが同じ町の出身で、学校時代から家族ぐるみで互いを知っていた。このことは、主にリガに居住していたバルト・ドイツ人グループと、オイペン＝マルメディ地域〔原注：ヴェルサイユ条約の結果、一九二五年からベルギー領となった民族自決地区〕〔監訳注：「民族自決地区」は、第一次世界大戦後に住民投票で帰属を決めた地域〕からわれわれに合流した中隊員にも当てはまった。その中には、戦前にベルギー軍の同一部隊で勤務していた者もいた。

いずれにせよ、欠員は次から次へと補充された。このことは在外ドイツ人以外にも当てはまった。彼らのほとんどは旧知の仲だった。私は、今なら「横入り《ザイテンアインシュタイガー》」〔監訳注：Seiteneinsteiger. 必要な資格を持たず、専門教育も受けずに、実力でその職に就いてしまう者をいう〕と呼ばれそうな少数派だった。とはいえ、われわれは全員が志願兵だった。

これに関して、たとえば敵の軍服あるいは平服を着用して特殊作戦に参加するのも志願だった点は、興味深いであろう。そのような作戦は断ることができたし、断っても不利にはならなかった。かかる人員構成を反映し、軍人流儀の（外見的な）立ち居振る舞いを通じて、必要とされる規律を誇示することもなかった。したがって、そうした挙措《きょそ》を上官から求められることもなかったのである。

猟兵袖章

中隊長はとりわけ人間性豊かなヴァルター・シュトラウプ中尉であり、これを補佐したのが「中隊の母親」〔原注：「中隊先任下士官」に対する兵隊用語〕という言葉で思い浮かべるようなことを全て体現したわれらがシュピース〔訳注：「中隊先任下士官」を指すもう一つの呼称〕のゼップ・リッターだった。

中隊の構成も通常の歩兵部隊とは合致していなかったため、中隊は小隊に分割されず、歩兵の「小隊」に相当するものが、ここでは「出動隊《アインザッツ》」と称された。また、外見上は「猟兵部隊」ということにされた。したがって、われわれは右腕に三枚の柏葉からなる徽章を付け、伍長のことを「上級猟兵《オーバーイェーガー》」と呼んだ〔監訳注：これらは猟兵の伝統的特徴・慣習である〕。

さて、ここで再び一九四三年夏の出来事と、それに関連する私の日記の抜粋を挙げよう。

「一九四三年九月一七日：午後に出動。数分前にはまだ生きていた女性二人が焼死しているのを目撃する。あまり気持ちの良い光景ではなかった。民間人、特に女性に対して、冷徹であることにまずは慣れねばならない」

これについては覚えていることがまだある。この作戦中、武器を携帯していて捕らえられた二人の女性が再び逃走を図り、その際に負傷していた。その中には、私が中隊の戦闘指揮所に連れ戻す必要のあった少女もいた。それは私が軍人として経験した最悪の瞬間の一つだった。どうせなら一緒に遊びに出かけたいほど可愛らしいこの少女を、銃を突きつけながら森の中を連れて行くのだ。しかし同時に、彼女が少し前に私あるいは戦友の一人を撃とうとしていたはずだということも分かっていた。

「一九四三年九月二二日：今日の作戦において約六〇〜八〇人のパルチザンと接触、エリート部隊の模様。彼らの退却は模範的だった。自分がこんな追撃に浮かれるとは思いもしなかった。レーニン勲章（騎士十字章に相当）を佩用《はいよう》したコミッサールの拳銃を鹵獲《ろかく》」

「一九四三年九月二八日：Pから進発。途中で地雷三個が爆発する。最初は、われわれの殿《しんがり》のタンク車が爆発した。二個目の爆発では、敷設中にわれわれに不意打ちされたパルチザンが、不注意ゆえに自ら宙に吹き飛ぶ。致命傷を負った一人を茂みの背後に発見した。もう一人についてはいくつかの肉片のみ。五分遅れていれば、私はサイドカーでその上を通っていたことだろう。私は下車。一人の工兵が地雷探知要員として乗り込む。そのサイドカーが三番目の地雷を踏む。運転手は打撲傷をいくらか負っただけで難を逃れた。サイドカーは三〇メートル宙を飛んだ。私の私物はほとんどが使えなくなる。非常に愛着のあった信号ラッパもその際に壊れた」（これについての説明。この前夜に雨が降っており、われわれが走行せねばならなかった粘土質の道はかなり滑りやすくなっていた。オートバイを運転していた仲間は、目前にある坂道を上るには私が降りた方がいいと言った。その三メートル先で地雷が爆発した）

「森の中から撃たれる。初めてタバコを味わう。二〇時には新たな宿営の中。移動距離：五〇キロメートル」（ちなみに、この日からタバコを吸うようになった）

3 ヴィテプスクをめぐる戦い

これと並行して、予備士官候補生に対する訓練とそれに応じた課題試験が継続的に行なわれた。

「一九四三年一〇月三日：初めて斥候任務で地図を用いて中隊を指揮する。一度、道に迷う。少尉は私を混乱させようとしたのだ。それにまんまとのせられた。だが、私は目的地に到達した」

ネヴェル　一九四三年一〇月

「一九四三年一〇月六日：二二時に警報。二四時に進発。ソ連軍がどこかで突破したとのこと。HKL(Hauptkampflinie：主陣地線)の後方五キロメートルの村に留まる。一七時にいきなりヴィテプスク―ゴロドク―ネヴェル方向に出発した。道中は退却の気分。それでもわれわれは歌を口ずさむ」

第3装甲軍司令部の戦時日誌からは、ソ連軍が第2空軍野戦師団〔原注：空軍野戦師団（陸軍兵士からも「ヘルマン・ゲーリングの施し物」と蔑称された）は、ドイツ空軍内で必要とされなくなった人員から編成されて

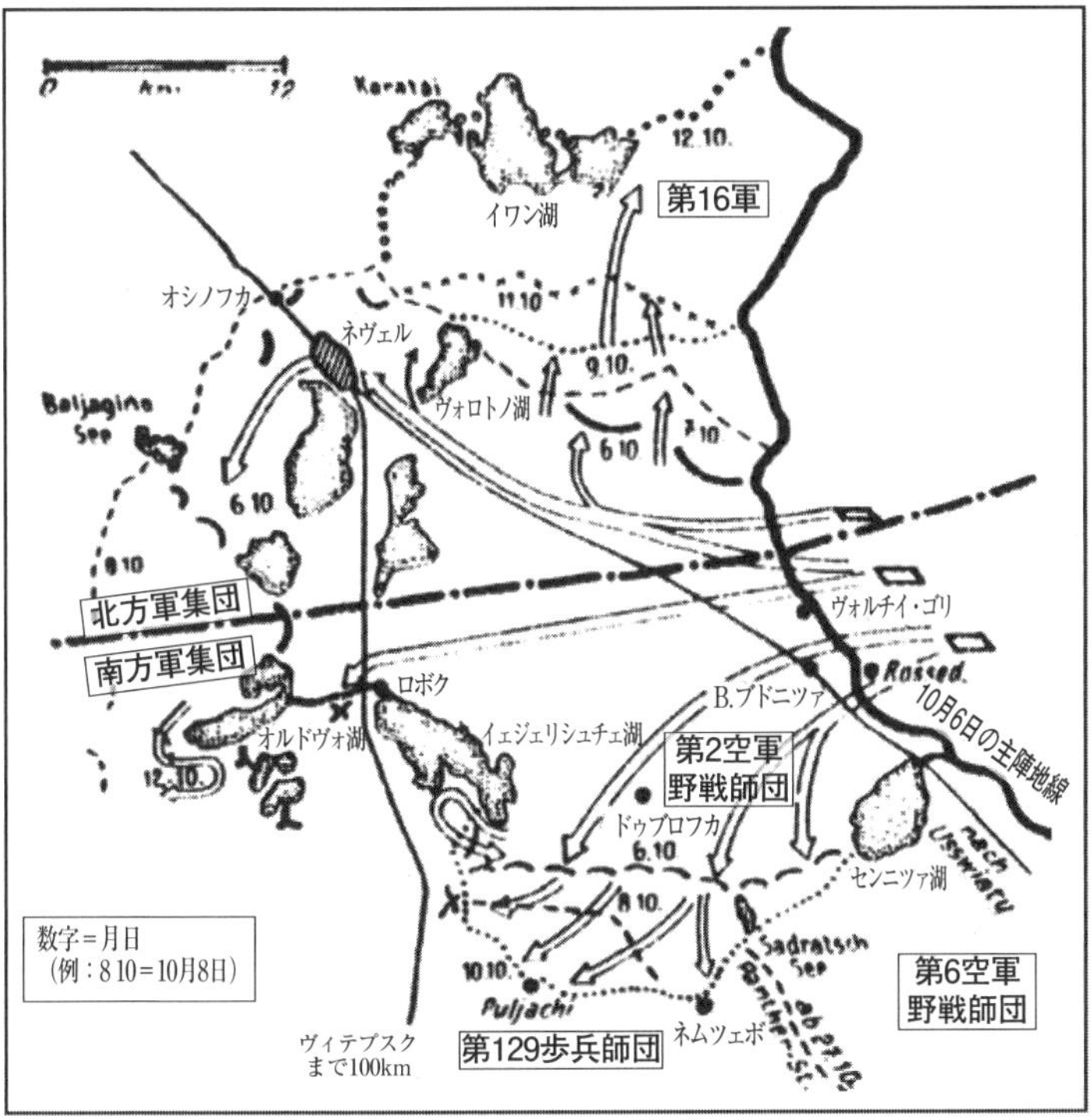

1943年10月６日のネヴェル付近の戦況
（1943年10月６日から10月31日までの中隊の作戦地帯）

おり、そのため十分な訓練を受けることなく歩兵として配備されていた。これらの部隊の戦力価値は相応に低く、〔損失も相応に大きかった〕を撃滅し、ネヴェルを奪取することに成功したことが伺われる。

そのため、わが中隊も属した「ブランデンブルク」第3連隊第I大隊〔原注：のちの「ブランデンブルク」第3連隊。「ブランデンブルク」師団の構成については付録5を参照〕は、とりあえずイェゼリシュチェ湖とオルドヴォ湖の間の陸橋に封鎖部隊として移動することになったが、同夜のうちにドゥブロフカ地域に移動し、そこの同名の川をまたぐ橋頭堡を確保することになった。

大変なことがわれわれに迫っているのは、いわゆる大規模戦闘用口糧が支給されたことから分かった。これは特にコーラ・ナッツ入りチョコレート〔訳注：商品名「ショカコーラ」〕、ビスケット、それにタバコ多数からなるものだった。

「一九四三年一〇月七日：われわれはネヴェル南方の最前線にいる。ソ連軍の戦車攻撃。四輌が撃破される。私が最初友軍の戦車と思い込んでしまった一輌は吸着地雷で片づけられた。双方に急降下爆撃機、地上攻撃機。すさまじい騒ぎだ。八一機の急降下爆撃機が攻撃。味方に戦死者一人。ソ連軍は夜間に攻撃を試みるも撃退される。戦死者二人」

私がソ連軍のT-34を味方の戦車と勘違いしたことについては、私だけに起こり得た話といえるかもしれない。私は伝令として連隊の戦闘指揮所に派遣されており、そこで戦車の支援を伴う反撃について少しばかり耳にしていた。帰路には砲火を浴び、それなりに興奮していた。突如として戦車一輌が見え、それが――私と同じように――わが中隊の陣地の方向、つまり敵に向かって走っていた。これはちょっと前に聞いた戦車による支援に違いないと思ったというわけだ！

私は周囲の撃ち合いも気にせず、隠れることも考えず、ガラガラと進むこの怪物を全力疾走して追いかけた。ときどき後ろから何やら白いものが通り過ぎていったのには気づいたが、それ以上は気に留めなかった。戦車にすでに二〇メートルほど近づいていたが、戦車がちょうど敵に向かってわれわれの陣地を通過したそのとき、一人の上等兵が戦車に飛びかかり、後部のエンジンカバーに何かを貼り付け、戦車を宙に吹き飛ばした。

私は恐怖心でいっぱいになった。耳をつんざく轟音がした後に不意に分かったのは、自分がイワン車の後を追っていたということだった。イワン車は私がいない隙にこちらの戦線を突破していたのであり、今は退却中だった。恐怖に加えて大目玉も食らってしまった。私はちょうど味方のPAK〔原注：Panzer-Abwehr-Kanone：対戦車砲〕の射線を走っていたのであり、あの白い物はPAKの砲弾だったのである。

主陣地線（遠く離れ離れに設置されたタコツボからなっていた。向こうで陣地に入ろうとしている集団までの距離がよく分かる）

翌日はさらに騒々しくなった。中隊の戦闘日誌〔原注：著者が所有〕にはこう記載されている。

「一九四三年一〇月八日：〇〇〇〇～〇一〇〇時
ソ連軍の攻撃を甚大な損失のもとに撃退。
〇三〇〇～〇四〇〇時　ソ連軍の新たな攻撃を撃退、攻撃は一二〇〇時まで継続。

一二〇〇時頃　右翼が激しい側射を受く。
一二一五時　味方の反撃、ソ連軍を押し戻す。
一四〇〇時　橋頭堡放棄との命令。
一四三〇時　激しい側射のもとに陣地変換、迫撃砲と大砲による砲火。歩兵と戦車をもってソ連軍が肉攻を試みるも成果なし」

同じ日、私は日記にこう書いた。

「一九四三年一〇月八日：スターリンのオルガン〔訳注：多連装ロケット砲〕、ただし、われわれの右翼に一四時に歩兵を伴う戦車四輌が報告される。第Ⅱ出動隊全体が急に後退した。側射を受ける。私は弾薬を運び、殿として橋を渡る。その間、不意に恐慌のきざしがみられたにもかかわらず、向こう側の斜面にいた中隊の追随に成功した。一部は一～二キロメートル先に進んでいる」

誰がいつ移動しだしたのか、後になっても分からなかった。おそらく、われわれが置かれた異常な状況のせいでそうなったのかもしれない。中隊の「陣地」は分散した個々の急造タコツボからなっており、意思疎通は――たとえできたとしても――大声でやり取りするしかなかった。不透明な戦況とそれゆえに生じる噂が、おそらく駄目押しになったのだろう。ひとたび部隊が潰走すれば、急停止などもう無理だ。

私はほかにも、混乱極まるなかでシェーファー伍長と共に平静を保ち、ドゥブロフカ川に架かる橋を爆破しようとしたことを覚えている。いずれにせよ、われわれは最後に戻った。そのためだろう、私は翌日にＥＫⅡ〔原注：Eisernes Kreuz II：二級鉄十字章〕拝受への推薦を受けたのだった。

新たな陣地は多少は有利だったが、依然としてタコツボのみで構成されており、私のような伝令にとっては遮蔽物のない地を延々と走らねばならず、非常に落ち着かなかった。

その後の二週間は目まぐるしく変化する戦闘でつぶされ、私の日記にはその様子が具体的に記されている。

伝令の途中

「一九四三年一〇月一二日：ソ連軍はわれわれの右を通過し、右翼後方にいる。その方向からの機銃の収束弾道が頭の近くを飛び交う。夕暮れに右からまたもソ連軍戦車の攻撃。再び潰走しだした空軍野戦師団を止め得るのはわれわれの実力、すなわち機関銃射撃をもってのみ。われわれの衛生下士官（Sanitäts-Unteroffizier）が味方の一人から至近距離で撃たれる。おそらくイワンと間違えられたのだろう」

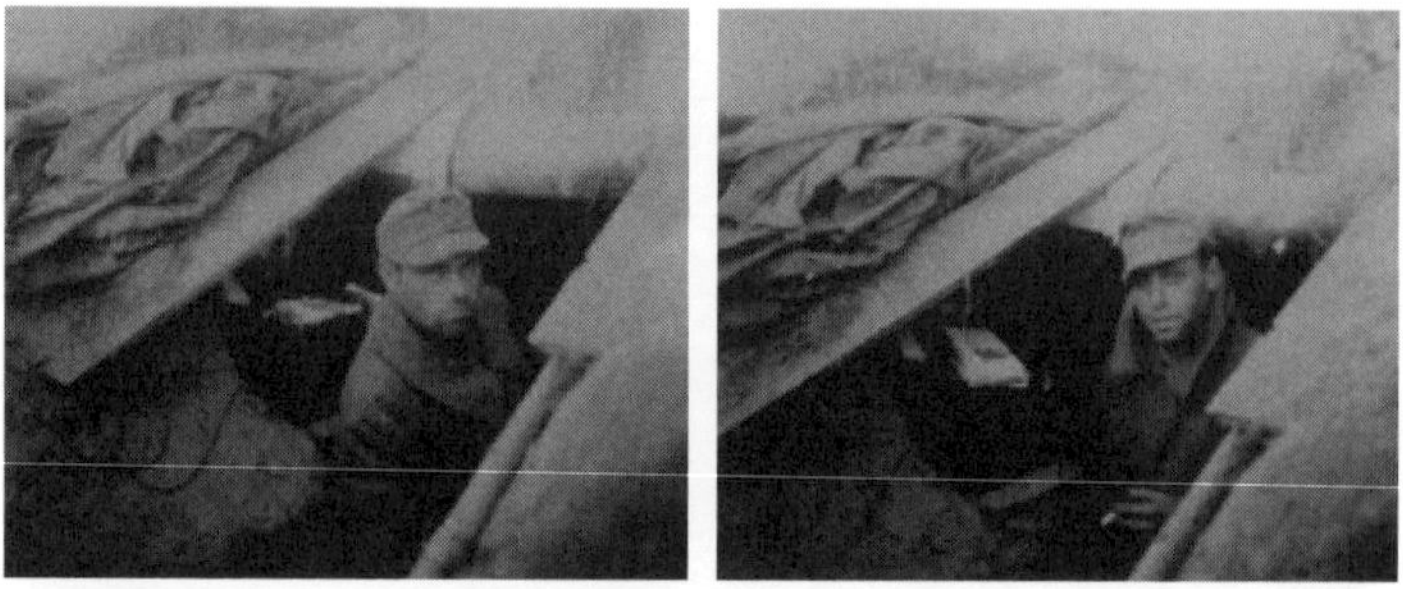

「堅固なブンカー」の中で（左はシェーファー伍長、右はシュトラウプ中尉）。私の「ブンカー」も似たようなものだった。

「一九四三年一〇月一四日：自分用に『堅固なブンカー』、つまり何本かの角材を被せた穴を掘る。私の手仕事では、自分の『宿舎』がずり落ちるのに時間はかからず、ある程度の修理をするには、私を中隊本部に引き入れたリガ出身のバルト・ドイツ人にして戦友のエトガー・ロレンツゾーンの助けがどうしても必要だった」

「一九四三年一〇月一五日：われわれはタコツボに留まっている。髭だらけで不潔で砂まみれ。コートとオーバーオールをもらう。シュナップスを飲むことも覚える。寝る前に体があったまって非常に良い。顔一面の赤髭のため、自分は中隊内で『赤髭皇帝』と呼ばれた」

シュナップスを飲むというのは、つまりこういうことだった。エトガーはいつも何らかの方法でシュナップスを手に入れることに成功するのだが、たいていは蒸留酒か悪名高いドッペルヴァホルダー（人工酒）だった。私は夜になると彼のタコツボに招かれ、バルト人の飲み方を教わった。つまり、シュナップスを一杯飲むたびにベーコンやらソーセージやらを一口食べるのだ。これらも彼が調達したものだった。ちなみに、この頃は食料がたっぷりあった。これについて、私はこうも書いている。

「一九四三年一〇月一六日：……斥候、ソ連軍の聴音哨に銃撃され、撤退を余儀なくされる。戦死者を回収する。私はその際、放置された食料が大量にあるのを見つけた」

「一九四三年一〇月一七日：イワンが再度わが方右翼への攻撃を試みる。激しい砲火（Ari-Feuer）。再三にわたるソ連軍の地上攻撃機。夕暮れ時にはスターリンのオルガン。幻想的な眺め」

拡大した陣地の中でも個々の集団は遠く離れている。

その間にも、ソ連軍は相手がどんな部隊か探り出していたようだ。いずれにせよ、ある日の夕方、向こうから拡声器でこんな勧誘があった。「ブランデンブルク部隊、降伏せよ！　撃ちはしない！」

一九四三年一〇月二三日、私はＥＫⅡを授与されたが、陣中でもらえたのが嬉しかった。われわれは月末頃になってようやく堅固な塹壕網を拡張し始めた。おそらく、この陣地が持ちこたえられることが最終的に判明したからだろう。陣地前には「スペイン騎手」と称される有刺鉄線バリケードが工兵部隊によって張られ、地雷も敷設された。このようなことをするために夜間に無人地帯に出て行かねばならない男たちのことを私が羨《うらや》むことはなかった。

ほかにも些細な問題があった（一九四三年一〇月二七日付けの手紙より）。

「われわれはあらゆる手段を弄《ろう》して塹壕生活を送りながら、日々交代を願っています……今朝はカンカンに怒りました。貴重品である『ダス・ライヒ』という雑誌を一部入手していたのですが、今朝方、それがネズミに食われてボロボロになっているのを見つけたのです。徹底的な復讐を誓いました」

……つまり、用を足さねばならないときに、どうやって問題を解決するかということだ。それへの答えとして、われわれは陣地の後ろの、敵から見えない小さな窪地を選んだ。案の定、よりによって私が急いで用を足すためにズボンを下ろしてしゃがんだちょうどその瞬間、この窪地に迫撃砲の奇襲があったため、上から急角度でやってくる砲弾が鋭い爆音を伴って爆発する前に隠れねばならなかった。耳元に飛んできたのは泥だけではなかった！

一九四三年一〇月三一日、われわれはついに交代した。その夜、私は前遣部隊を陣地に案内した後、最初は徒歩で、最後はトラックで戻った。しかし、一一月二日に初めて暖かい部屋で眠れるようになるまで、さらに二日かかった。ところが、休息など話題にも上がらなかった。

一一月六日には、われわれが宿営していた村の民間人と協働していたと思しきパルチザンの一集団

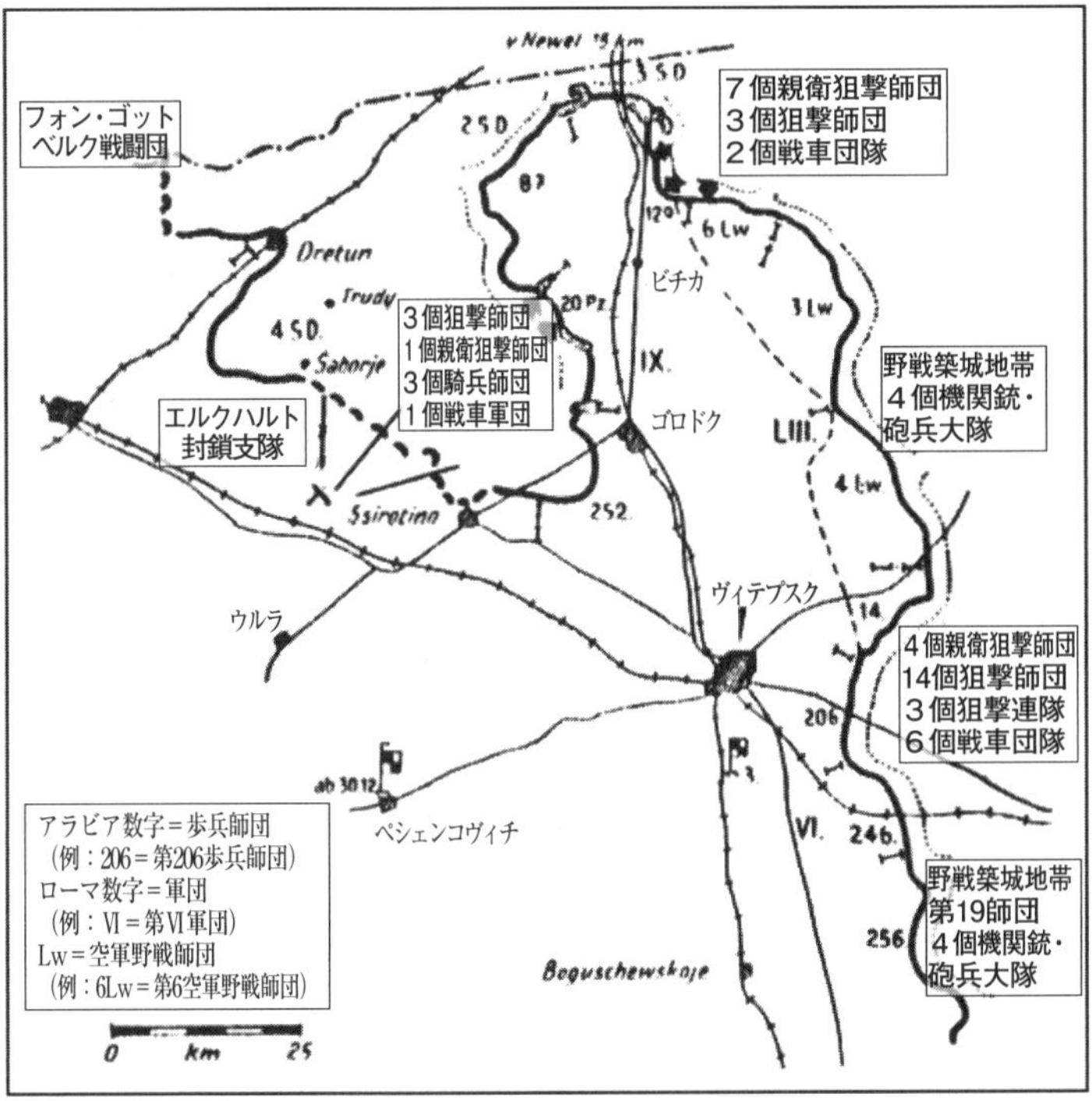

1943年11月５日から12月30日までの中隊の作戦地帯

が、大隊の将校を襲撃しようとしたものの、これは阻止することができた。この計画が発覚したのは、彼らの連絡先となっていたわれわれの義勇兵の一人が、協力する用意があると見せかけて報告したからだった。

その日の夕方、またも警報が出た。われわれは翌日の昼まで夜通し凍えながらトラックの中で座りつつ、ポロツク〔原注：西ドヴィナ河畔のベラルーシの都市〕に向かい、どこかで降ろされた。その後の数週間は一息入れる暇もなく、事態が危うくなったあらゆる場所に「火消し役」として投入された。

私の日記にはこうある。

「一九四三年一一月八日：嫌な状況。イワンがどれだけ離れた所にいるのか誰にも分らない。午後に斥候。自分も同行」

「一九四三年一一月九日：一一時に進発。森の中で警備に就く。荷物を引っ張るのが難儀。火を起こすことはできる。とても寒い。二〇時にさらに三キロメートル進む」

「一九四三年一一月一〇日：体を小刻みに揺らして暖をとる。日中にまた戻る。タコツボを二回掘り始めると、また中断せねばならない。疲れ切っており、心地よいものではない。夕方に車輌がやってくる」

「一九四三年一一月一一日：車で少し移動し、足を引きずって夜通し歩く。日中にさらに進む。不意にイワンに出くわす。われわれはよりによって自軍の地雷原におり、展開できない。しかし、敵に気づかれてはいない。後退の要あり。イワンはわれわれの左翼のいずこかを突破した」

この晩とその翌晩のことは、諸々の理由からよく覚えている。自軍の工兵が敷設した地雷原に足を踏み入れたという恐るべき事実は、それだけで十分に不快なことだった。夕闇が迫るなか、そこから再び出ることはギャンブルだった。しかも、われわれは疲労困憊しているにもかかわらず、森に覆われた見通しの悪い場所を可及的速やかに抜けて戻り、新たな陣地に就かねばならず、しかもイワンがどこでどれだけの距離を突破したのかも分からなかったのである。

神経が引き裂かれるほど緊張したが、必ずしも気分が高揚していたわけではなかった。われわれがこの窮地から無事に脱出できたのは、当時まだ上級士官候補生だったゲオルク・オーベンアウアーのおかげだろう。自信に満ちて先頭に立った彼はひたすら目的地を目指し、強行軍でわれわれを所定地へと導いてくれたのである。

われわれは運が良く、配属先の小隊と共にサウナ跡に宿泊することができた。すぐにでも横になって寝たかった（「横になって」というよりも、倒れてといった方がいいかもしれない）が、私は報告を携えて最寄りの戦闘指揮所に走るため、寝床からまた起き上がらねばならなかった。

その戦闘指揮所の正確な位置については誰も知らなかった。一時間ほどかかったこの道程については、簡単には忘れられないだろう。疲れ果て、神経も参っていた私は、静まりかえった明るい不気味な月夜の中を、今にも撃たれそうに感じながら、歩くというよりもよろめきながら進んだ。宿営に戻ると、私が腰をおろそうとしたまさにその場所でゲオルク・オー

ゲオルク・オーベンアウアー。自身の戦闘指揮所にいる1943年秋の場面（写真上・左）と、1994年夏に開催された中隊の会合で私の妻エリカと同席したところ

ベンアウアー上級士官候補生が横になって寝ようとしており、またものけ者扱いされたと気づかざるを得なかった。

私は非常に穏やかならざる気分になり、階級にかまわずに怒りをぶちまけた（そもそも私は一等兵《ゲフライター》にすぎなかった！）。すると、忘れ得ないことが起きた。彼も私と同じくらい疲れていたはずなのに、すぐに起き上がって謝り、どこか別の場所に移ってくれたのである。

「一九四三年一一月一三日：第2中隊の陣地：二キロメートル拡張。伝令を一回するにも、間に沼があるため迂回を余儀なくされ、三時間かかる。夕方、危うくソ連軍の方に迷い込みそうになる。われわれは後でサウナを出てブンカーを作らねばならない」

「一九四三年一一月一五日：われわれはまたも駆り出される。フェルトの長靴をもらったが、これではまともに歩けない」

「一九四三年一一月一六日：〇四〇〇時に交代。攻撃を実施することになっている。だが、イワンは後退していた。ＰＡＫ一門と死者一人を見つける。友軍の突撃砲を初めて見ることができた。夕刻、車輛に乗って後退、その後下車」

「一九四三年一一月一七日：ヴィテプスク方向に夜通し車で移動。ヴィテプスクの三〇キロメートル手前で下車。突破してきたソ連軍は『滑走路』〔監訳注：『滑走路』はドイツ軍がミンスク—スモレンスク—モスクワ高速道路をはじめ、ロシアの舗装された道路に付した通称〕の付近。雨が降り、寒い」

「一九四三年一一月一八日：予定された攻撃は中止となる。それでも、体を温めたり服を乾かしたりすることはできる。夕方には休息をとれるはず。だが、車輌に搭乗して新たな作戦行動」
「一九四三年一一月一八日：夜間に旧市街地を通過。泥濘のため、徒歩で進まねばならない。なぜ急いでここに来る必要があったのか、誰にも分からない。雪が降り、寒い上に湿気もある。ひどい気分」

喜びなど湧き得なかった。休息もなしに陣地を転々とさせられ、いったい何が起きているのかも分からなかった。今やわれわれは揺れるトラックの荷台で湿っぽい凍てつく夜を過ごし、今度は下車して徒歩で泥濘の中を進み、ようやく夕暮れ時にどこかの草原で足を止め、雨と雪が降る中で神経も消耗しきったところへ「塹壕掘れ！」ときた。

われらがシュピースのゼップ・リッター。1943年当時と1994年に夫人と共に

このように行ったり来たりを繰り返していると、当然のことながら給養が常にうまくいくとは限らなかった。いつかは温食を得られるかもしれないが、それはもう運次

前哨陣地にて

第のことだった。用意周到なわれらがシュピースですら、難儀した。彼自身が食料缶を背負って前方にやってくることもあった。われわれは今や少しでも陣地の中で横になれれば嬉しかった。少なくとも今回はそのように思えた。なぜなら、塹壕だけでなくブンカーも掘るよう命ぜられたからである。砲兵隊の前進観測員ですら、われわれのもとに身を寄せた。私の日記には、当時の印象が次のように綴られている。

「一九四三年一一月二二日：今日から狙撃分隊にいる。中隊から出るのは好かないにせよ、自分にとっては良いことか」

この配置換えは私が予備士官候補生に指名されたことと関連していた。分隊の中で能力を発揮し、相応の経験を積むことが求められたのである。分隊長はペーター・ロートホイトだった。ちなみに彼は宿屋の主人で、稼業柄もあってか酔っぱらいの扱いには人一倍長けており、酔った義勇兵を制止するのに中隊内でその能力を発揮することが折々あった。私は当時すでに、アル中のロシア人やウクライナ人が豹変して非常に攻撃的になることがあるのを、身をもって知っていた。

「イワンが攻撃、これを撃退する」

「一九四三年一一月二三日：前哨陣地に移動。陣地構築中、負傷して二四時間雪中に倒れていたソ連軍少尉を発見する。ソ連軍の冬季戦部隊。スターリングラード戦の経験者。会話から、彼は昨日の戦闘で負傷し、部下に見捨てられていたことが分かった。生き延びたのは、夜間に彼の所に這ってやってきた近村の女に温かいスープを飲ませてもらったからだった。われわれは彼を最寄りの包帯所に連れていった」

「一九四三年一一月二四日：八時間の夜間当直、つまり、二時間の歩哨と、腰を下ろせるだけのブンカー内での二時間の睡眠。寒さと湿気。昼に交代。主陣地に戻る。そこでまたブンカー作り。分隊とはうまくやっている」

「一九四三年一一月二五日：昼、再び前哨に就く。ヒュプシュマンが軽率な斥候を行なう。七人の損失。夕方、行方不明者捜索のための斥候。二人の同僚と共に森の大きな空き地の一軒家を事前点検。ありがたいことに空き家。行方不明者の発見ならず」

ヒュプシュマン分隊で実際には何が起きたのか、後になっても判明しなかった。唯一はっきりしているのは、ヒュプシュマンはある村がイワンに占拠されているか否かを確かめる任務しか負っていなかったということだ。その村には敵がいた。ところが、彼は撤収するどころか突進部隊《シュトゥーストルップ》〔監訳注：敵陣深く浸透をはかる部隊のこと〕よろしく村に突入しようとして罠にはまってしまったようで、数人しか生き残れなかったのである。

彼らが犠牲を払ったのは、心身を消耗する塹壕戦、寒さ、そして睡眠不足のせいだった。損失が多かった分、残りの人員に負担がかかった。おそらく私だけではなかったろうが、気分は最低以下に落ち込んだ。よく覚えているのは、われわれがイワンの砲撃にさらされていたことと、迫りくる着弾から逃れられるよう、前哨線のタコツボの中で不安と寒さで震えながら祈っていたことだ。

私は親友のエトガー・ロレンツゾーンのユーモアにいつも元気づけられたものだが、彼が反撃時に重傷を負ったと知ったときは、号泣せぬよう自制するのに本当に苦労した。

「一九四三年一二月四日：一二時から一七時に斥候。捕虜を取れとのこと。警戒班〔原注：部隊の前方数百メートルで行動し、敵の奇襲があればこれを阻止する部隊〕として赴く。二時間後に出動した別の斥候は、イワンが同じ速さで逆方向に騒々しく去っていったのを確認する。敵は機関銃すら置き去りにしていった。ソ連軍の前哨タコツボには地雷が敷設されており、案の定、翌朝には最初のソ連兵がその上を飛び越えていく」

「一九四三年一二月五日：『歩く急降下爆撃機』〔原注：一種のロケット投射機能を有する新型の大口径弾につけられた名称で、簡易な収納用の木枠から発射できた。発射時に伴う轟音が急降下爆撃機（シュトゥーカ）のサイレンを彷彿とさせた〕を設置し、これを発射。驚くほど単純。再び捕虜を取るための突進部隊に選抜される。またも警戒班として赴く。ソ連軍陣地の後方まで進出。短い銃撃戦。ソ連軍の増援がわれわれを分断しようと試みる。撤収の要あり。朝方に再び『歩く急降下爆撃機』を設置。面倒な仕事」

一二月九日、われわれはようやく交代となったが、完全凍結した道路上を戻らねばならなかった。つまずいたり滑ったりしながら、時速二キロメートルほどで進むのがやっとだった。みな疲れ切っていたので、悪態をつくことすらできなかったと思う。

発射準備中の「歩く急降下爆撃機」

「一九四三年一二月一〇日：武器の清掃と睡眠。三分間で急いで髭を剃る。将軍が来訪する。飯盒でゼクト〈監訳注：ドイツのスパークリングワイン〉」

「一九四三年一二月一六日：とてつもなく良い暮らしぶり。ケーキで腹がいっぱい。脂肪が多すぎる食事で腹をこわす。蜂蜜をくすねる」

休息時間は長くは続かなかった。

「一九四三年一二月一八日：四時に起床。新たな作戦行動。昼まで車で走行し、夜は家屋内での睡眠が可能。作戦はほんの数日で終わるとのこと。そんなことは信じられない。われわれは何度も騙されてきた」

「滑走路」にて

「一九四三年一二月一九日：待機陣地まで行進。機関銃弾薬箱を移す。七時から攻撃。わが小隊は大隊予備となる。われわれが塹壕から出ると、味方に砲撃される。照準眼鏡付き小銃でソ連兵二人を射殺する〔原注：このころ私は分隊の中で狙撃手に昇進しており、一九四四年秋に中隊から出るまでその職務にあった〕。シェーファーが重傷を負う。夕方に本当に撤収する。同じ宿所で寝る」

「一九四三年一二月二一日：夜、シェーファーが死んだ〔原注：彼の後任が中隊本部班長に任命される際、おそらくわが部隊でしかあり得ないことが起きた。別の大隊で下士官として勤務していたシェーファーの弟が、戦死した兄の地位を継がせてほしいと願い出て、それが認められたのである〕。脊髄に銃創を負ったことからすれば、これで良かったのだ」

「一九四三年一二月二二日：新たな作戦行動。前回とほぼ同じ場所。二〇人に対して狭いブンカー一つ。小隊長会議の最中に「作戦中止」の命令。大きな歓声。直ちに撤収。おそらくクリスマスの間はゆっくりできるだろう」

その後のクリスマスまでの数日間、われわれは確かに出動することはなかったが、常に警戒態勢に置かれたため、身に着けるもの以外の服は全てトラックに詰め込み、何が起きるかと不安に満ちて待機した。

「一九四三年一二月二四日：無理やりわれわれの気分を害そうという魂胆か。朝、警戒を厳にせよとの伝達あり。全てを車載する。だが何も生ぜず。中隊の甘味（たっぷりある）はすぐに食べ尽くされる。何はともあれ、聖夜はとても良かった。夕方に小包が届く。最後は全員が酔いつぶれる。自分も同じ」

「一九四三年一二月二五〜二八日：警戒態勢になければくつろげるものを。さはさりながら、荷物は全部まとめてしまった……。何事にも慣れるものだ。もう誰も警戒態勢のことを気にせず、元気にやっている……それどころか、再び教練をするようにもなる」

「一九四三年一二月二九日：新しい軍制式メガネ〔監訳注：Dienstbrille. 国防軍が将兵に支給した制式メガネ〕を取りにポロツクに向かう。そこで義勇兵の一人を結婚させねばならない」〔原注：この結婚式についてはこれ以上のことは知らない。知っているのは、新婦はポロツク近郊の村の一住民で、すぐにドイツに向けて出国できたということだけである〕

ヴィルナ　一九四三年大晦日

自分にすこぶるお似合いのこのメガネをかける機会はポロツクではもうなく、翌日はヴィルナに向

私の父の本部が設置されていたヴィルナの建物。私は1943年から44年にかけての大晦日をここで祝うことが許された

かうよう命ぜられた。この出張については、私の父がそこに駐在していることを当然知っていたわれらが世話好きのシュピースが手を回してくれたのではないかという気がしてならなかった。

私は、三〇日の午前に出発した際は体調がさほど優れなかった。いくらか熱があり（約三八・五度）、翌日の午後遅くにヴィルナに到着したときもあまり良くなかった。私は駅から父に電話して、大晦日を一緒に祝う気はないかと聞いて驚かせた。思うに、父は私の電話に椅子から転げ落ちそうになったことだろう。私から電話があるなど、父には予想だにできなかった。父を待っていた駅停司令官室の中で、われわれは互いの腕の中に飛び込んだ。それから父の宿舎に行き、私はそこでまず風呂に入った。私の恰好は、後方本部の中での宴会に相応しいとは、とてもいえるものではなかった。

しかしその後、おそらく戦争という非常時のみに起き得る一つの場面転換が自分に起きた。少し前、私は寒さと泥の中での作戦行動にまだ就いており、疲れ、明日がどうなるかも定かでなかったのに、忘れかけていた娑婆《しゃば》の空気の中に——段取りなしも同然で——飛び込んだ。ふと気づくと、大きなホールの中におり、若い女性二人に挟まれながら、華やかなテーブルカバーがかけられた食卓に着いている上、上等な料理にグラス一杯のワイン、静かなバックグラウンドミュージックもあった。その後はダンスをしたり、笑ったり、酒を飲んだりした。気分がほぐれるまでしばらく時間がかかったが、この瞬間を存分に楽しんだ。夢のようだった。

1994年夏に同一の建物をほぼ同じアングルから撮影したもの［原注：この写真は1994年８月にＺ・Ｓ・ジーマシュコ氏（ロンドン在住）が撮影したもので、同氏の好意により提供されたもの］

新年をそれなりに迎えた後、父と共に部屋の静かな一角に下がって乾杯し、いまだ忘れがたい数時間が始まった。戦争でほぼ同じ経験をしてきた父と息子の間には、親友の間でしかあり得ないような連帯感が育まれ、酔ったわけでもないのにアルコールでいくらか口元がゆるんだ。ほかの本部員もわれわれに気を遣ってくれ、そっとしておいてくれた。

父が母に宛てた手紙には、ヴィルナでの日々が次のように記述されている。

新しい軍制式メガネ――エレガントというわけでもないが――非常に丈夫で実用的だった！

「一九四三年から一九四四年の年越しには、もう一つ思いがけないことがありました。ヒンネ＝ボーイ〔監訳注：著者ヒンリヒ＝ボーイの愛称〕と一緒に私の居心地よい住まいで過ごし、二人でクリスマス後をもう少し祝おうという、新年の予期せぬ大事件でした！ 息子が私のもとに急に現れたのです。彼は出張の関係で四日間の休暇をとっていました。そういうわけで、われわれは職場の輪の中で新年を祝うことができました。まずは二人で電報を送ろうとしました。しかし、これを公文書らしくするためには、文章を飾る必要がありました。それでは君には全く理解できなかったでしょうし、ひょっとすると心配になったかもしれません。君を喜ばすのが本意であるのに、です。しかも、その電報が夕方までにそちらに着くことはなかったでしょう。なので電報はやめました。息子は髭ぼうぼうで、髪もぼさぼさという、ひどい恰好をしていました。風呂に入ってさっぱりすると、徐々に誰だか分かるようになりました。夕方には皆にちやほやされていました。息子は誰とでもおれ、お前で呼び合っていたと思います。いずれにせよ、本当に立派な人間になりました。午前様になってしまいましたが、とても刺激的でした。今晩と明日一日中、一緒に過ごせます。彼は月曜日の早朝にはここを去らねばなりません……。息子は真の老練な「前線のブタ」〔訳注：ドイツの兵隊用語で、前線で戦う兵士を意味する諧謔表現〕になりました。これはしたりで、食欲も旺盛です。私の三、四日分の蓄えを朝食で平らげてしまいました。多少慣れない環境にせよ、心地よい場所で寝泊まりできて満足しているようです。彼の中には、翻弄され続けた前線兵士が抱く不安がほんの少しあり、そのことは私自身の経験からも分かります。それでも、大変なしっかり者です」

——ヴィルナでの日々はあっという間に過ぎ、一九四四年一月四日、再び別れを告げた。

4 泥濘の主陣地の中で

プリピャチ湿地　一九四四年春

中隊はその間にも当然のごとく配置換えされており、私はそれを見つけるのにまるまる四日かかった上、寒さと雪の中、ありとあらゆる車輌に乗って過ごした。中隊に到着するや、さっそく下級指揮官教育課程に向かわねばならなかった。もちろん、大隊の中で選抜された一二人のうちの一人になったことは、ともかくも出世が可能になったという意味で嬉しいことではあった。

だが、軍隊ではよくあるように、その喜びは長くは続かなかった。われわれがちょうど勤務を始めて少し慣れたところへまたも「警報！」が発せられ、中隊に戻ったのである。

しかし、今回は新規作戦ではなかった。いつものように行ったり来たりしながら車での進軍でポーランド方向を目指し、そこから鉄道、すなわち家畜車に乗ってプリピャチ湿地〔原注：当時、特にドイツ語の語法では「プリピャト」という表記も用いられたが、その面積から「プリピャト湿地」と呼ばれることもあった〕に入った。この地帯は、東西の長さがフレンスブルクからハノーファーまでの距離〔訳注：約二七〇キロメートル〕にほぼ匹敵し、プリピャチ川に沿って東から西に伸びる面積は、おおよそシュレスヴイヒ＝ホルシュタイン州と同じである〔訳注：岩手県とほぼ同じ〕。大部分は通行困難な、無数の支流が走る湿地からなっていた。

この平地内にあるわずかな数の集落は、実質的に一種の砂の島の上にあり、地盤軟弱な細道を通じてしか到達できなかった。その間にも前線はプリピャチ東部に達していたので、目下の大問題は、遠くポーランドまでも広がるこの近づきがたい地帯に、ソ連軍部隊がどこまで進出したのかだった。われわれの任務は、前線の構築を開始すべく、イワンがそもそもどこにいるかを把握することだった。

われわれはそれにまつわる困難や苦労についてまだ想像もしてい

1944年１月から５月までの中隊の作戦地域

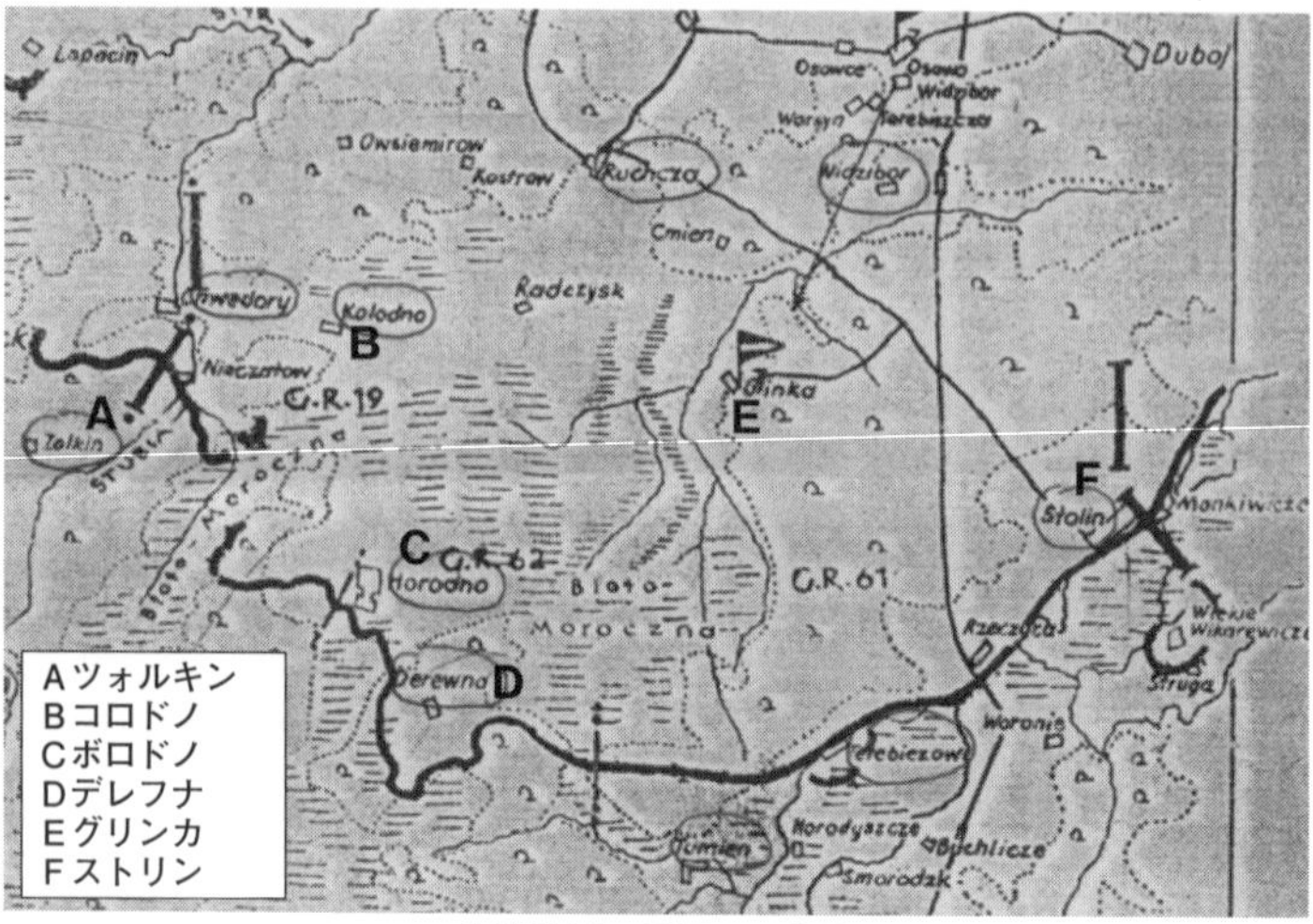

作戦地域の地図の一部分

なかった。それどころか最初のうちは、ロシアよりもはるかに文明化された土地にやってきたと思っていたのである。最初の任務はシュトーリン〔原注：ベラルーシのブレスト州所在の都市〕の局地防衛を引き継ぐことだった。

「一九四四年一月一一日：われわれはプリピャチ湿地の旧ポーランド領地区で降ろされる。ある町で宿営。『プリピャチ湿地』という名称にまつわる懸念は杞憂だったと分かる。これほど上等な宿舎はいまだかつてない。電灯に、清潔かつ壁紙の貼られた部屋」

もちろん、全部が全部、保養休暇などではなかったが、われわれはもっとひどい状況に慣れていたし、最悪の事態も予想していた。交互に行なう陣地構築と長距離斥候――一部は湿地帯の七〇キロメートル内部にまで及んだ――は辛かった。

私とほかの数人に対し、二週間前に中断した教育課程が続行された。教官は前述のゲオルク・オーベンアウアーであり、私は五〇年後、彼が当時私について記した評価書のコピーを本人からもらうことができた。その内容は非常に満足いくものだった。

この教育課程の間、ゲオルク・オーベンアウアーは上級士官候補生から少尉に昇進しており、当然のことながらたっぷり祝ってやらねばならなかった。それについて、私の日記にはこうある。

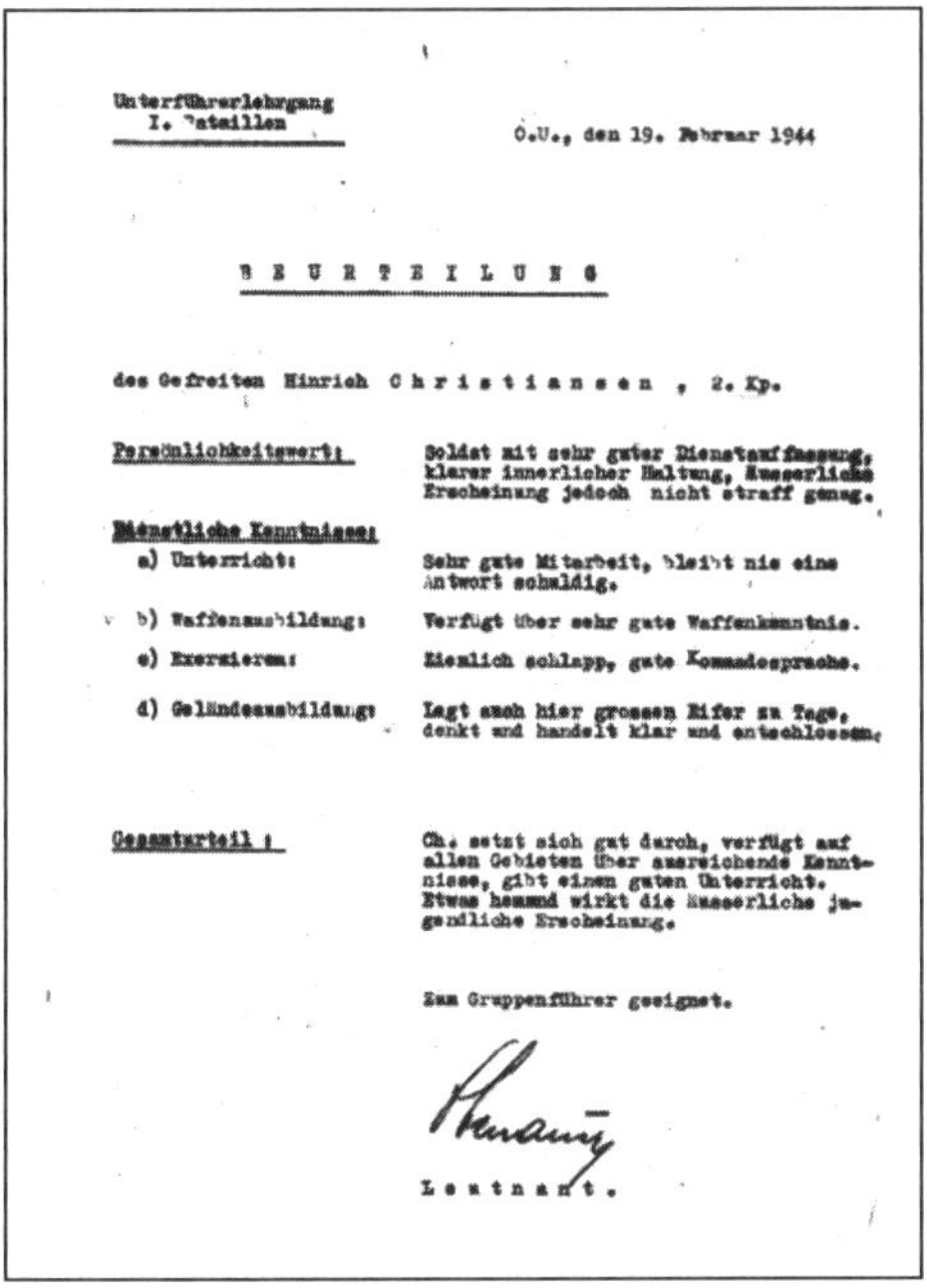
Unterführerlehrgang
I. Bataillon

O.U., den 19. Februar 1944

B E U R T E I L U N G

des Gefreiten Hinrich C h r i s t i a n s e n , 2. Kp.

Persönlichkeitswert:	Soldat mit sehr guter Dienstauffassung, klarer innerlicher Haltung, äusserliche Erscheinung jedoch nicht straff genug.
Dienstliche Kenntnisse:	
a) Unterricht:	Sehr gute Mitarbeit, bleibt nie eine Antwort schuldig.
b) Waffenausbildung:	Verfügt über sehr gute Waffenkenntnis.
c) Exerzieren:	Ziemlich schlapp, gute Kommandosprache.
d) Geländeausbildung:	Legt auch hier grossen Eifer zu Tage, denkt und handelt klar und entschlossen.
Gesamturteil:	Ch. setzt sich gut durch, verfügt auf allen Gebieten über ausreichende Kenntnisse, gibt einen guten Unterricht. Etwas hemmend wirkt die äusserliche jugendliche Erscheinung.

Zum Gruppenführer geeignet.

Leutnant.

教官の評価書［訳注：訳文は次頁掲載］

「一九四四年二月一〇日：一昨日の晩ほど酔ったことは人生の中で一度もなかった。少尉が祝い、歩哨から戻った私も一緒に祝う。その後に激しい撃ち合い。あばら屋全体が壊れる。引き続いて夜間警戒態勢が発せられるも中断される。まだ両足で立つこともままならない。目覚めが悪い。幸いにも容易な仕事……」

補足説明をしておくと、われわれ、つまりわれわれの教育課程は、いわば

下級指揮官教育課程
第Ⅰ大隊　　　　　　　　　　現地宿舎、1944年２月19日

評　価

第２中隊員、ヒンリヒ・クリスティアンゼン１等兵

人物特性：職務に対する理解が非常に良好な軍人である。内面的な姿勢ははっきりしているものの、外見はやや締まりに欠ける。
職務知識：
a　座学：非常に積極的で、返答に窮したことは一度たりともない。
b　武器訓練：非常に豊富な武器知識を有する。
c　教練：かなり疲労消耗した。号令のかけ方は良好。
d　野外訓練：多大な熱意があることはここでも明白であり、思考・行動共に明快かつ決然としている。

総合判定：クリスティアンゼンは意志強固であり、あらゆる分野で十分な知識を有し、教え方も良い。外見的な若さが若干不利に働く。

分隊長に適する。
署名
ゲオルク・オーベンアウアー少尉

大隊予備に置かれた状態であり、そのため通常の歩哨勤務や折々の警戒態勢にも組み込まれた。

ホロドノ　一九四四年二月

わが中隊は、ホロドノ村の敵を一掃してこれを占拠する任務を負った。その際、この湿っぽい地域〔原注：われわれが置かれていた軍司令部の戦時日誌の中では、公式に「泥濘主陣地」と呼ばれている〕でわれわれを待ち受けるものについて、最初の感触を得た。進入路――路と呼ぶには少し大げさだったかもしれない――が通行不能だったため、われわれは車輌ともども氷の

上をさらに進んだ。しかし、この年の冬は例年ほど厳しくなかったため、氷が持ちこたえられず、われわれのトラックの一部は、車軸の上まではまり込んでしまい、引き上げるのに大変苦労した。この上辺だけの氷の表面に、われわれは何度も悪態をつくことになるのだった。

「一九四四年二月一九日：早めに始まった送別の夜。非常に心地よく楽しい。その後に酒切れ。どうやら酔うと最高の考えが浮かぶようだ。世界中のあらゆる秘密を嗅ぎつけたように思う。自分はシラミだらけ。仕留めた数はおよそ六〇匹。なんとなく不快。そのうえ疥癬《かいせん》」

われわれの教育課程は数日にわたって何度も中断された。今や大隊が湿地の真っただ中へと移動したからである。私は二月二四日に課程が終了すると分隊に復帰したが、高評価だったにもかかわらず、下士官の地位はすぐには望めなかった。言い訳のように聞こえるかもしれないが、志願者だけで構成されているわれわれのような部隊では「競争」が特に激しかったのである。

しかも、通常の軍隊式階層が完全にひっくり返ることもあり得る作戦の性質のせいでもあったかもしれない。偽装作戦、すなわちソ連軍の制服を着用しての作戦においては、実質的に指揮を担うのはロシア語を流暢に話す上等兵であって、同行した将校や下士官ではなかった。当然、階級間にはそれ相応にうちとけた個人的信頼に基づく関係が生まれた。

「一九四四年二月二四日：昨晩に進発、今朝まで行軍。警戒要員になる。森の暗闇の中で落ち着かない。この夜、別の村に入る。一一時前には寝つけない」

「一九四四年二月二五日：朝、ソ連軍の斥候を撃退。騎兵隊の後退。素晴らしき眺め、道路全体が部隊で埋め尽くされているのを見るのは初めてだ。幸いかな、ソ連軍は道路に射撃してこなかった。昼に戻る」

ちなみに、これは「中央」騎兵連隊〔原注：中央軍集団の騎兵連隊。一九四二年にベーゼラーガー騎兵団をもとに新編されたもの〕との初の協同作戦であり、この部隊は騎馬隊として当然のことながら、同地で上々の動きをなし得た。後にも合同で作戦をいくつか行なったが、個人的な接触はほとんどなかった。この部隊からすれば、われわれは多かれ少なかれみすぼらしい「シュトッペルホプサー」〔原注：「歩兵」に対する兵隊用語〕〔訳注：「切り株を飛び跳ねるもの」が原義〕にすぎず、当てにならなかったのである。

そうこうしているうちに、われわれがいまだいる集落ホロドノが「泥濘の主陣地」の中に組み込まれることがはっきりしたようだった。いずれにせよ、われわれは陣地構築と、長距離を踏破する斥候隊による前方偵察を再開した。それらの地域に関しては、地面と見えるところでも抗堪力《こうたんりょく》がなく、不意に腹まで水に漬かることになりはしないか、あるいは、われわれ同様に対手の陣地がどこに延びているかを確認しようとするロシア軍の斥候に遭遇したりはしないかといった点が不明だったのである〔原注：中隊の戦闘日誌には「T斥候」について頻繁に触れられている。これはソ連軍の制服を着用した作戦の隠語である。流暢なロシア語を話せたとしても、敵の軍服を着たまま見知らぬ土地を単独で歩き回ることが、当の本人たちにとって何を意味するか、しっかりと理解するようにしなければならない（加えて、国際法上の問題があるという側面も当然顧慮すべきである）」。

ソ連軍もわれわれ同様に物資を徴発しており、実質的に戦線の間にいた同地の住民はそれによって大きな被害を受けた。その際はおぞましい状況になりかねなかった。ある細長い形に延びた村の住民は、一方からドイツ軍が、他方からはソ連軍が近づいてくるのに気づいた。村の中央で銃撃戦となる可能性が高く、村民と家屋が巻き添えになるに違いなかった。

忌々しい湿地

長年にわたって培われた生き残り術により、はしっこくなっていた住民は、単純ながら天才的なアイデアを思いついた。兵隊というものはどの国の軍隊であれ、常に空腹で喉も渇いているということを彼らは知っていた。そこで、村の両端にパンや肉、自家製の蒸留酒をたっぷり置き、接近してきた両軍部隊のそれぞれに敵はいないと見せかけて、大いにもてなした。

賢い農民の計算が当たった。腹を満たして満足し、何杯かの蒸留酒――おそらく自家製の安酒「サマションカ」――を飲んだ後、両軍の斥候はさらなる行動を中止することにし、「村に敵影なし」との報告を携えて戻っていったのである。

「一九四四年三月九日：二四時間の戦闘が終わる。七日の夕方に出発。攻撃目標のイェツィエルスク集落を迂回せんとする。湿地を通過すること四キロメートル。最も浅い場所でもくるぶしまで水に漬かる。幅広の溝を越える際は腹まで。その後またも湿地と森を通過。われわれが湿地から道に出たところで銃撃される。誰も応戦せず。したがって、あらかじめ決めておいた信号を待つ必要はない。奇襲をもくろんだものの、それはもう失敗したも同然だからだ。にもかかわらず、夜明けに突撃。大声の「ばんざい《フラー》」に皆の気分が高揚。一カ所の墓地で強力な抵抗に初遭遇、こちら側に損失。照準眼鏡によりイワンのｓＭＧ（schweres Maschinengewehr：重機関銃）にうち勝つ。ｓＭＧ陣地を奪取する。引き続き塹壕の中。初の捕虜。引き続き部下二人と一緒。塹壕戦。そこに同僚二人が加わる。捕虜三人。それから撤収。退路では歩くのもやっと」

　この作戦について、もう二、三付言しておこう。われわれが奪取することになっていたソ連軍の陣地は、湿地帯の島の一つとなっている村の中にあり、そこに行くには狭い道を通る以外になかった。雪の泥濘と氷のような水の湿地を通っての攻撃が成功したのは、ひとえにソ連軍の制服を着た大隊の一部隊が村に続く道から接近し、完全に虚を突かれたソ連軍に突如として発砲したからだった。発光信号弾の意味するところは、攻撃せよだった。だが、われわれはすでに気づかれていたので先に攻撃し、敵兵約四〇人を捕らえた上に一〇〇人を殺害する戦果も上げた。

自分自身が撃ったソ連兵の死体を見たのはこれが初めだった。彼らの胴体や私が与えた致命傷だけでなく、彼らの顔も。だが、戦闘状態の中で鈍感になっており、この時点ではこれ以上動揺することはなかった。後になってようやく後味悪く感じ、これについて深く考えた。

三月に入って以来、私の個人的地位はわずかに良い方向に変わった。小隊本部班長、つまり小隊長副官のようなもの――父も以前、第一次世界大戦でそのような「お手伝いさん」と称される地位にあった――になり、歩兵突撃章銀章を受章し、上等兵《オーバーゲフライター》に昇進した上、補充が来ると「事情通のベテラン」として自分で相応の指揮もした。

「一九四四年三月一七日：この一帯は徐々に落ち着いてきた。ソ連軍の最初の斥候がやってくる。夜、一隊がわが陣地への侵入を試みる。激しい銃撃戦。補充兵は非常に興奮しており、あたりに乱射する。払暁《ふつぎょう》にイワンがわれわれの左翼を攻撃した。昼にこちらの反撃。イワンは今夜もう一度来襲するものと思われる。警戒態勢を厳にする。おそらく徹夜の要あり。近いうちにかなり賑やかになろう」

私の考えは正しかった。翌日以降の数日は、これまで経験したなかでも最も苛烈なものとなった。負傷せず、凍傷にもならず、生き残ったことは本当に幸運だったといえる。ところが幸運はさらに続いた。イワンはまず、われわれを二晩待たせた。二日目の晩を夜通し過ごし、手足がそれだけ疲労して冷え切り、夜明けに熱いコーヒーを味わっていたちょうどそのとき、不意に大砲と迫撃砲による激しい砲撃があり、ソ連軍の攻撃が始まった。まさにその瞬間、思ったとおりわれわれの重機関銃がいつもの装弾不良を起こし、そこへソ連軍が向かい側の森の端から大挙して姿を現してこちらに突進してきた。小隊の大部分は、「どのみちイワンはもうこれ以上来ないだろうから、今なら少しは体を暖められる」と考えて後方に引いており、塹壕の中には三人しかいなかった。

三人の小銃兵でも、遮蔽物のない地を越えねばならない襲撃者一人にいくらかの災いをもたらすことはできるが、ソ連軍の中隊は、わが陣地の前を走る窪地で姿を消し、そして……二度と出てこなかった。なぜイワンが攻撃を続けなかったのか、私には分からない。いずれにせよ、われわれには幸いだった。わずか二、三人しかいなかったわれわれなど、彼らはいとも簡単に制圧できたろうに。

その代わり、ソ連軍のPAK一門がわれわれ目がけて発砲し、特に私を狙っているのは明らかだった。初弾は手前に落ち、一部は跳弾として私の上を飛んでいった。だが、わが掩蔽壕の二〇センチメートル前に命中したとき、私は陣地を変えることにした。間に合った。次弾は私のいた場所を直撃した。

このPAKにはさらに手を焼いた。われわれが一時的に重傷者一人を収容していたブンカーに砲火を浴びせたのである。今や何をしても無駄だったので、あの負傷者を連れ出してやるほかなかった。そこで、この忌々しいPAKの砲撃がやむのを待ち、薄暗いブンカーの中に入り、仲間を肩に乗せて外に出た。まずいことに、さらに後退するには、ソ連軍に機銃掃射される開豁地《かいかつち》を越えねばならなかったが、これもうまくいった。われわれはこの負傷者以外にも、新たに補充された若い兵士一人も連れ戻さねばならなかった。彼は神経が参っており、泣き叫び、震え、もはや話しかけられる状態になかった。

戦闘中のソ連軍のPAK

イワンも状況を見通せなかったに違いない。翌晩、われわれはソ連軍のPAK二門〔原注：これは発射音と着弾音が短時間に相前後するというこの砲独特の音を発するため、われわれはこれを「ラッチュ・ブム」と呼んだ〕と、道に迷ったその砲を破壊、砲手を射殺した。さらにその翌日には、食料を取りに来させられたと思しき若いソ連兵一人が、自分の飯盒を持ってわれわれの陣地にノコノコとやってきた。目の前にいるのが誰かに気づいてギョッとし、逃げようとしたものの、太ももに貫通銃創を負って捕虜になった。

これとの関連で補足しておくべきであろう点は、われわれの戦闘指揮所は敵側から見えにくい小さな農家の中にあり、そこには老女とその娘が住んでいたことであ

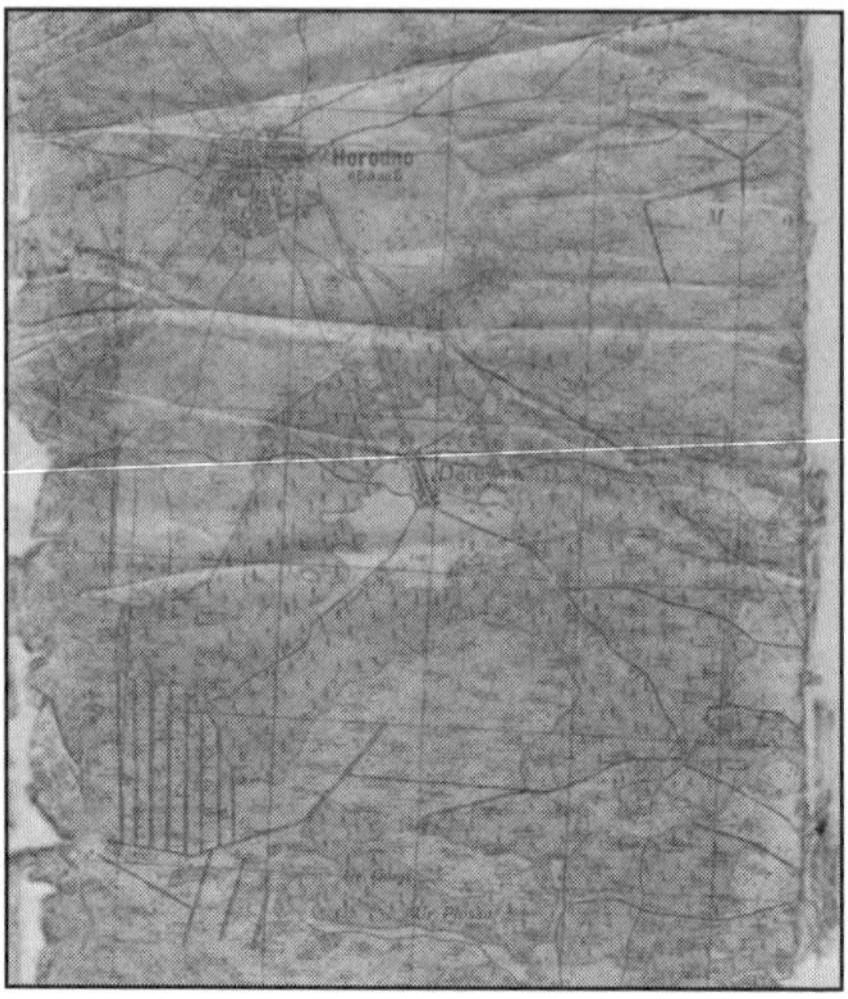

ホロドノ集落の周辺地帯［原注：当時、私のマップケースの中にあった地図の断片］

る。われわれが居間を独占した一方、彼らは台所で暮らしていた。二人はわれわれに煩わされることなく、われわれと平穏に暮らしていた。若いソ連軍負傷兵を尋問して包帯を巻いてやった後、われわれが台所の女二人のもとにこの兵士を連れていくと、二人は涙ぐましいほど彼の世話をしてやったが、それでも数時間後に内出血で死ぬのを防ぐことはできなかった。

　われわれの戦区の前では、それ以外、日中は静かなままだった。ソ連軍はわれわれの左翼のみで突破を試みたが、撃退された。だが、その代わりに北部に伸びるこちらの連絡路の占拠に成功したため、われわれは突如として包囲されてしまった。

　われわれにしてみれば、たいしたことではなかった。われらが哀れな主計軍曹は、何らかの理由でよりによってこのとき前線に来てしまっていた。見ると、彼は中隊の戦闘指揮所で青ざめており、戦う勇気もさほどなさそうだった。われわれはもちろん悪ふざけをし、戦況の見通しが真っ暗であるかのように語ってやった。哀れ極まるこの軍曹も、いつまでも震えずにすんだ。二日後に道路が再び打通され、われわれも交代となったのである。

だからといって、これで一服つけたというわけではない。温かい場所での宿営を許されたのは一晩だけだった。翌日の真夜中、吹雪の中、あの忌々しい湿地にまた戻ったのであり、そこにはいつ陥没するか分からぬ地面、氷のような水、見通しのきかない白樺の森があった上、骨まで凍るような湿っぽい冷たい風が吹いていた。

私が進発令を伝えに出撃準備を整えている個々の分隊を訪れると、年輩で、これまでそもそも私的な接触のなかった戦友の一人から、自分が死んだら、あとに残した荷物の中にある私物を妻に送る手配をしてくれないかと頼まれた。驚いたような顔をしている私に気づいた彼は、とても穏やかにこう言った。「自分がこの出撃から戻れないことは分かっているんだ」。多少ばかばかしく思った私は、「神経がいかれるヤツがまた出なければいいが」と内心で思った。

午前七時、われわれはようやく出撃陣地に到着した。何度も深い溝を越えねばならなかったので、全員がずぶ濡れになった。そうした深い場所を、丸太を架けて渡ろうとしたときもあった。だが、その仮橋はみぞれが降る中ですぐに凍ってしまい、四つん這いになって向こう側にたどり着こうとした何人もが真っ逆さまに水の中に滑り落ち、自分自身のみならず、武器と弾薬も引き揚げねばならなかった。

われわれは最初、この湿地からの攻撃を試み、もって高い土手に到達しようとしたが失敗に終わった。「じめじめして寒い豪邸」にまたも戻らねばならなかった。そうこうしているうちに、少なくともゴムボート二隻を偶然に発見することができたため、増援と弾薬を運び込むことができた。

二度目の攻撃においては、ツォルキン村に伸びる道の土手を確かに占拠できたものの、その後の命令により、この土手に沿って突き進み、道の先にある村を奪取することになった。私は小隊長ともども攻撃先鋒に属したが、先には進めなかった。殺人的な防御銃火に見舞われて諦めて引き返すほかなく、遮蔽物がほとんどないなかではなおさらだった。その際、味方の戦死者を収容することはできなかったものの、負傷者は後方に連れていこうとした。

私物の処理を頼み込んできた例の戦友と私は、テント用布の上に重傷者一人を寝かせ、地面の上を引きずりながら戻ろうとしたが、耳元で機関銃の集束弾道がうなっていたために、半ば腹這いと膝這いになって、滑りながら進んだ。

戦友が顔を敵に向けながらテント用布の片方を引っ張る一方、私は背を敵の陣地に向けながらもう片方を押した。その後、今でも忘れられないことが起きた。押そうとひざまずき、いくらか身をかがめたそのとき、機関銃の集束弾道がわずか二〇センチメートル向かいにいた戦友の上半身を横に貫いた。死の悲鳴、そして、戻ることはないという彼の予想が現実のものとなった。われわれの間のテント用布の上に横たわったこの哀れな男を私がどうやって連れ戻したのか、もう覚えていない。

しかし、私には片づけるべき問題がもう一つあった。それは、ばかばかしくてドタバタ劇も同然である。私の冬季用ズボン——これ自体は非常に実用的な服で、通常の制服のズボンの上にはいて保温の役目を果たす——のサスペンダーが、負荷に耐えられず、切れてしまった。さらに先に進むには、そのズボンを脱がねばならず、しかも銃火にさらされながら遮蔽物のほとんどないなかでそれをせねばならなかった。うつ伏せになったり仰向けになったりしながら、びしょ濡れの重いズボンを脱ぐ私の必死の努力を遠くから見ていた何人かの戦友は、これは重傷を負った印だと思い込み、すでに私を連れ戻そうと進みはじめていた。

そうこうするうちに暗くなってきた。土手の上に留まることはできなかった。敵の銃火はわれわれを休ませてくれなかった。そこで湿地に引き返した。続いて訪れた夜は大変だった。翌朝までの数時間を水の中で過ごさなくてもすむように、誰もが少しでも高い、多少は乾いているような、ちょっとした場所を見つけようとした。陣地を連結させることなど問題外だった。規則通りの歩哨を立てることもなかった。寄り添った小さな集団それぞれが、それをどうにか解決した。どのみち普通に寝ることなど考えられなかった。私はといえば、三人で小さな窪地——地下水に漬からないように深すぎないもの——を掘り、芝を集めて「寝床」になる地面の上に敷き、テント用布の下にもぐりこみ、互いに暖をとろうとした。われわれはそれをどうにかやり遂げた。ほかのほとんどの集団ではそうではなかった。凍傷と疲労困憊に参ってしまったのだ。終わろうとしないこの夜がようやく淡い薄明りのようになって明けたとき、中隊の兵力は将校一人、下士官一人、兵二三人になっていた。

長い夜が明け、活動を再開する

あたりが見えるようになってくるや、私はまだ走れる唯一の伝令として後方に送られた。その目的は、大隊の戦闘指揮所を見つけだし、可能であれば増援を呼び寄せることだった。私は幕僚の残りと共にいた大隊長——彼が過ごした夜もわれわれと大差なかった——を見つけたが、ほかの中隊も作戦能力は同様に低い状態にあった。彼が部隊の残余と共に前線に向かう間、私は負傷者収容所として仮設された小屋で二時間ほど体を温めさせてもらった。

そこそこ休んでから前線にまた戻ると、その間に次のようなことが起きていた。すなわち、突進隊は再び土手まで突き進もうとしたものの、無残にもなぎ倒されてしまっていた。帰還者は一人もいなかった。全員がやられてしまった。しかし、救助すべき負傷者がいる可能性もあった。容易ならざる問題は、救助するにはイワンから丸見えになりかねない開けた平地に出なければならないということだった。このことは、極めて不幸な結果に終わった突進隊の試みが痛烈に証明していた。

私自身は戦友たちとは違い、多少は元気を取り戻せていたこともあり、やる気が少しばかりは多めにあった。自分に同行するよう、気心の知れた義勇兵二人を説得し、哀れな連中がいるはずの場所に向かって手探りで慎重に前進した。

まもなく、精彩を欠いた無力な赤子のように彼らが沼の水の中に横たわっているのが見え、うめき声が聞こえた気もしたが、われわれにはもう全てがどうでもよかった。

湿地の中の死体

これからどうなるかをくよくよ考えるのをやめ、なすべきと思うことをなす瞬間というものを、私は何度か経験した。人を突き動かすものが単なる漠とした怒りである場合もある。

遮蔽物になりそうな物に注意を払うこともなく、気の毒な犠牲者がいる場所へと水をかき分けながら向かったわれわれは、実際に生存者一人――頭を撃たれていたため左半身が麻痺していた――を発見し、テント用布の上に寝かせて連れ戻った。

なぜソ連軍が発砲しなかったのか、今でも謎だ。おそらく、彼らも寒くなって暖かいあばら屋に撤収し、よもや日中の絶好の射撃条件の中で、あえてこの平らな地に戻ってくるような「精神障害者」はいまいと考えたのだろう。

われわれ、つまり二人の戦友――もともとはグルジア人――と私が仲間の負傷者を引きずって戻る最中も、かすかなうめき声が聞こえた。われわれは安全になるや直ちにこの旨を報告し、その結果、別の二人を連れた上等兵一人が前にやってきた。彼らは実際に二番目の生存者を見つけ、これを連れ戻った。だが、私の知る限り、それは無駄だった。二人ともこの日に死んだのである。

午後遅く、われわれは交代となった。後方に行くには最後の力を振り絞らねばならなかったが、多少は休める見込みがあったので、それにも耐えられた。温かい食べ物を食べてから暖かい部屋でタバコを吸い、腹も満たされ、今晩は邪魔されずに眠れると安心しながら、乾いたワラの上で身を丸めるときに満たされる動物的幸福感というものは、自らそれを体験した者でなければ理解不能だろう。生きていることへの感謝の念は、後からやってくるものだ。ちょうど戦争において、それによってあとどれだけ生きられるか分からない状況の中に置かれた人間が、全てを極めて濃密に体験するように。

このことは、飲食や睡眠といった生活の単純な喜びについて当てはまるのみならず、人への愛、祖国や戦友への愛、あるいは困難な状況の中で能力を実証できた満足感といった感情の強さにも当てはまる。それほど強烈なものはのちの普通の生活の中では決して経験できないという事実は、戦争体験を記憶に刻み、平和な生活の中では勝手が分からなくなる者も出すほどの魅惑の理由となっているの

吹雪の中の退却

かもしれない。そうした共通の経験は、たとえ口に出して語られないにせよ、のちの、戦後に開催された戦友会において常に共鳴しているものなのである。

この頃について、もう二言三言。温食はいつも届けられるわけではなかった。ぬかるんだ道では、われらがシュピースといえども、それは無理だった。したがって、クネッケブロートという乾パンと缶詰チーズだけで当座をしのがねばならなかった。

当初、この種のパンはわれわれにとって目新しく、味も悪くなかった。とにかく、われわれはいつも空腹だった。しかし、このパンもどきの耳は鋭く――今のように上品に焼かれていなかった――、口蓋《こうがい》が切れてしまった。その点は良くなかった。

私は、おのがために調達したゴム長靴が自慢だった。これで足が濡れずにすんだ。だが、一週間もしないうちにこの靴を忌々しく思うようになり、手放してしまった。伝令だった私は走らねばならない回数と距離が他人よりも多く、しかもゴムは空気を通さないため――定期的に脱ぐことは考えられなかった――、短時間のうちに足に深い裂け目ができてしまったのである。

ヴェスターラントでの帰郷休暇　一九四四年四月初旬

数日間の休息の後、中隊は一九四四年三月二三日に再び車輌に搭乗し、ルニネツとピンスクを経由してさらに西進したが、これはおそらく、さらに西に戦線を敷くことになっていたのと関係があったのだろう。

いささか信じ難いことのような印象を与えてしまうが、戦線は実際にプリピャチに沿って東西方向に伸びており、ソ連軍は北に突破しようとしていた。だが、新たな出動命令が来る前に、私は休暇で外出が許された。この家路については記憶に残る思い出が二つある。これはまさに凍てつくようなロシアの冬――四月三日にはまだ吹雪があり、寒波の襲来があった――から春への旅だった。

西に行けば行くほど緑の風景が増し、日差しも強くなった。ブレストの休暇者集合所では、帰郷途上者が最初の温食を与えられ、シラミも駆除された。そこには大きな仮兵舎があった。そこの部屋はほかの点では必ずしも快適ではなかったものの、暖かい陽光が差し込んだし、とにかく忘れられないのは、皿洗いをしながら民謡を歌っていた二人のきれいな看護婦に明るい日差しが降り注いでいたことだった。確か私は、無言でしばらくじっと佇み、この素晴らしい光景を味わっていたと思う。

さらに二日間の辛い旅の末にヴェスターラントに到着した私に予期せぬことが待ち受けていた。父もこの前日に同じように休暇で到着していたのである。われわれは三週間の素晴らしい休暇を共に過ごすことができた。いちばんはっきりと記憶に残っているのは、われわれ、つまりと父と私がもう一人のジュルト島出身者と一緒に、ヘルヌムにカレイ釣りに行った日のことだ。われわれは単に父と息子であっただけでなく、戦争を体験した二人の軍人だったのであり、多言を要さなくとも互いを理解し、このような滅多にない平和な日に感謝すべきことを心得ていた。

ちなみに私は一級鉄十字章に推薦され、しばらくしてからそれを受章した

一つだけ気分転換になったのは、軍人保養所を訪れたことだった。ここには休暇者用の非常に水っぽいシュナップスがあったほか、海軍のバンドが週に一度、ダンス音楽と流行曲を演奏していた。真夜中になると、普段は禁止されている「タイガー・ラグ」〔原注：一九三〇年代のアメリカのスタンダードジャズの曲名で、ナチ時代は禁止されていたもの〕すら演奏され、聴衆——われわれ以外に

休暇中、父とカレイ釣りを愉しむ

海軍の休暇者数人のみ——もそれに聞きほれていた。

父は私と同じ日に帰隊せねばならなかったので、私は休暇が終わる二日前に両親と共にハンブルクに赴き、優雅にもホテル・アトランティクに泊まった。ここは私の両親のような常連客に上等の赤ワインをいまだに用意してくれていた。楽しい晩を過ごした翌日には別れを告げねばならなかった。私は午前中に出発し、父の汽車は数時間後の午後に出た。母にとっては大変辛い日だったに違いない。

ホロドノ地区　一九四四年四月

いつものように、あちらこちらと動き回った末に自分の中隊を見つけた。中隊はこの間にもホロドノ地区に戻っていた。われわれの陣地は森林地帯の中にあり、イワンの居場所を突き止めるいつもの斥候以外に、特筆に値するような出来事はほとんどなかった。したがって、われわれには好都合だったが、蚊だけには悩まされた。頭を覆う蚊よけがなければ、特に夕暮れや夜に野外にいるのは耐えられなかった。

私にとって腹立たしかったのは、小隊本部班長としての地位を放棄せざるを得なかったことと、分隊に戻されたことだった。というのも、昇進の可能性のあるどこかの本部出身の一軍曹が、「前線での能力実証」を果たすことを目的としてわれわれのもとに派遣されてきたからである。彼をどこかに配属させねばならないため、私が被害者となり、自らの地位を諦めねばならなくなったのだった。

5 湿地帯からイタリアへ

イタリア　一九四四年初夏

五月三一日、平穏な生活は進発令によって突如として終わった。中隊はまたも駅で列車に乗せられたが、嬉しいことに西に向かったのには驚いた。どこへ行くのか――こういう場合はいつものように――はっきりしなかったが、目的地はイタリアと知らされた。

家畜車を使ったこの汽車旅自体は実に快適だったが、非常に嫌な思い出がある。私とうまが合った義勇兵は、賢くも自家製シュナップスを買い置きしていた。「サマションカ」と呼ばれるこの蒸留酒は、濁った水たまりに長時間あった水のように見え、そういう臭いもした！　しかし、「衝撃的」という言葉の本当の意味のとおり、効き目は早く確実だった。

数多くあった停車駅の一つで、私は「上等兵、来い！」と言われ、ある貨車に乗り込むよう促された。それは主として義勇兵で占められていた。すると、「小グラス」一杯のシュナップスを勧められた。いくぶん騒がしかったものの、とても楽しい午後のひと時だったが、最後の方は何も覚えていない。とはいえ、どうにかして自分のもとの貨車に戻り、飲んだ分だけ寝てから目を覚ますと、自分の前で巨大な輪がぐるぐる回っているのが見えた！　同時に胃がむかつき始め、それ相応に吐いた。

翌日になって初めて知ったところによると、回転する輪というこの現象はアルコールで朦朧《もうろう》となった脳の産物ではなく、実はウィーンのプラーター公園にある観覧車だったのであり、われわれはそこを通りかかったところだったのだ。絶景で有名なゼメリングを経由したその後の旅については、二日酔いがひどかったこともあり、ほとんどなにも分からなかった。

フィラハを経由してウディネに行き、そこからアドリア海に沿ってフィウメに向かい、この地域のどこかで汽車を降り、今度は車で短距離を運ばれた後、われわれの新たな営所に到着した。ここは昔の警察営舎で、トリエステ〔原注：アドリア海に面したイタリアの港湾都市で、現在はスロヴェニアとの国境に接する〕とフィウメ〔原注：クヴァルネル湾に面するイタリアの港湾都市だが、現在はクロアチア領でリエカと称する〕のほぼ中間に位置するカステル・ヌオーヴォの近くにあった。

この同じ日の夕方、歌によく歌われるイタリアの夜というものを初めて体験した。星がよく見え、暖かく、コオロギが鳴き、そよ風が吹いていた。この忌々しい戦争がなければ本当にロマンチックだったものを。平和を信じないと、つぎの大混乱がやってくるというのは、兵隊の骨身に染みている姿勢である。まさにそのとおりだった。

新たな作戦地域——正式名称は「アドリア海沿岸地方の作戦区域」

その後の一四日間は、まず戦闘・射撃訓練で費やされ、引き続いて師団長による視察があった。私はこの間に分隊長になっており、恥をかきたくなかったので、少しばかり荷が重く、神経にもこたえた。わずか一四日間のこの短い慣熟期間の後、さっそく初の出動命令が来たことからして、われわれが至急必要とされていることは明らかだった。

われわれには熱帯地用の装備すらなかった上、山間地でどう行動すればよいかも分からなかった。そのことがすぐにちょっとした災難につながった。われわれはロシアでの作戦から、未知の土地や地図資料が不完全な場合は軍用コンパスに従って移動することに慣れていた。それを今ここでも試してみたが、急斜面や深い峡谷がある地では、当然のことながら完全に不可能だと、すぐに痛感せざるを得なかった。とはいえ、覚えるのは早かった。

「ブランデンブルク隊員に不可能なし！」というモットーにならい、われわれは今や山岳猟兵に変身し、そのための装備も施された。ちなみに、それにはラバとケッテイ〔訳注：雄馬と雌ロバの交配種〕

も含まれたが、その強情さには何度も毒づかざるを得なかった。そんな動物が交戦中に先に進もうとしなくなったら、どうすればいいのか。

不慣れな土地での初行軍

約六カ月間の前線での作戦行動を経て、対パルチザン活動〔監訳注：一九四三年にムッソリーニが失脚し、イタリアが無条件降伏したのち、ドイツ軍は同国を占領した。しかし、ドイツ占領軍とその傀儡政権であるイタリア社会共和国の軍隊は強い抵抗を受け、多くのパルチザン組織が結成されるに至った〕が再開した。これはすなわち、明確な前線も目に見える敵もいないなかで、何日も、時に何週間もかけて道なき山岳地を登り、しかも全てを熱帯気温のもとで実施する作戦だった。当時の私は山を呪い、二度と山には登るまいと心に誓った。

これら作戦の詳細については中隊の日誌〔原注：著者所有の中隊の戦時日誌〕の中に記載されている。私個人としては、次のような体験と思い出のみに記述を留めようと思う。

偵察活動は絶え間なく続き、単調だったが、連隊長の護衛として派遣されたため、幸いにも一四日間の合間があった。連隊長は幕僚と共にゲルツ〔原注：イタリア語ではゴリツィア。同名県の県都〕に宿営しており、移動時にパルチザンに襲撃されるおそれが常にあったため、相応の警護が必要だった。

市中それ自体では治安維持活動が広く行なわれていたが、こうした活動はロシアではわれわれに全く馴染みないものだった。路上にはイタリアの都市で普通の雑然とした営みがあり、可愛らしい女の子や、何かしらの仕事に熱中している着こなし上手なあらゆる年齢層の民間人の中に、ドイツ軍とイタリア軍の制服が混じっていた。ビストロは満員で、ワインかレモネード、それなりの金を払えばコーヒーすら飲めた！ しかし、町を一歩出るやそこは戦争であり、その落差に戸惑うこともあった。

そのちょっとした一例を紹介しよう。

ある日、われわれがイゾンツォ川〔原注：スロヴェニアとイタリアのフリウル＝ヴェネツィア・ジュリア州を流れ、トリエステ湾に注ぐ〕に沿う道を走行していたとき、突如として対岸の急斜面から激しい機関銃火を浴びた。それをかわすことは無理であり、トラックを降りて徒歩で進むほかなかった。われわれは機関銃の集束弾道を避けるためにウサギよろしくピョンピョンと跳ね、願いどおり次の曲がり角に無事にたどり着き、そこに隠れた。

私としては、車を離れねばならないことが特に腹立たしかった。というのも、われわれは連隊長の訪問を受けた諸幕僚部の一つにおいて見事なプラムケーキを少し前にもらっていたのだが、私はそのご馳走を夜にとっておこうと考え、まだ食べていなかったからである。信じられないかもしれないが、私は銃撃にかまわずそのトラックによじ登ってケーキを「救出」し、それを持ったまま運良くも遮蔽物にたどり着いた。想像してみてほしい。埃まみれの兵隊が片手に小銃、もう片手にケーキの大きな切れ端を持ちながら、命がけで駆けずり回っている光景を！

次は驚く番だ。安全確保のためにわれわれがたどり着かねばならない曲がり角の向こうには、民間人の男と女子供で満員になったイタリアの路線バスがあった。これは、普段ならこの道を使って隣町に向かうものだが、この際は停車して銃撃戦がやむのを待っていた。乗客は依然として下車していないどころか、この光景をおもしろい映画のようにながめていた。

その際、われわれの仲間の一人が不幸に見舞われた。彼は襲撃の最中に重傷を負い、この日のうちに死んだ。それとは対照的に、この二時間後、われわれはゲルツ市内に戻り、風呂上がりにビストロでワインを一杯飲んだり、女性通信補助員と親しくなろうとしたり、夕方には映画館に行ったりもした。だが、絶え間なく脅されているような不安感は残った。パルチザンは、夜になると町周辺の山頂に遠くまで見える火を大々的に灯し、山は支配下にあるとアピールした。

ゲルツでの時間はあっという間に過ぎ、パルチザン捜索のため再び山に入った。その後、私は大都市にいたことは二度しかない。なぜなら、われわれは普段は遠く後背地を移動していたからであり、埃と汗まみれになってカルスト地形を行軍している最中に、青い地中海が遠くでほのかにきらめくのを見るのは稀だった。

私はシラミにたかられてしまったので、同じようにこの寄生虫に付きまとわれているほかの患者数人と共に駆除してもらいに行かねばならなかったが、その施設は（幸運にも）トリエステにしかなかった。われわれは皆に羨ましがられながら出発した〔原注：同行したがっていた一人から、シラミ症であることを示すため、何匹か貸してくれないかと大真面目に頼まれた〕。われわれはその日を存分に利用した。港の大広場のことは特によく覚えている。そこの豪華建築物、海の眺め、ホテルのレストランで演奏していたダンスバンド、われわれダンスに飢えた男たちから恭《うやうや》しく見つめられていた、とてもきれいなイタリア人女性歌手。

運搬用役畜と共に輸送中

われわれは、作戦区域の全域（およそフィラハ、ウディネ、ライバッハ、ゲルツ、トリエステ、フィウメの間の地域）を横断する長距離行軍の一つを終えた後、アドリア海に面したフィウメ所在の世界的に有名な高級海水浴場に到着した。想像したとおりの都市だった。素晴らしい海水浴場と木陰のある広い並木道——そのどちらも訪れる時間がなかった

――そして、むろんわれわれには立ち入りできない格調高い別荘。これを機に、私は初めてイチジクを木から取って食べた。こんなことを再び楽しめるようになるには、あと何年もかかることになった。

奇妙に聞こえるかもしれないが、われわれは一九四四年七月二〇日事件、つまりヒトラー暗殺未遂事件とその結果には特段の影響を受けなかった。通常の敬礼の代わりにドイツ式敬礼〔監訳注：右手を高く掲げるナチス式敬礼のこと〕で挨拶するという事実にも、とりわけ誰も怒らなかった。もちろん、今やいわゆる「国民社会主義指導将校」も当然のごとく任命された。誰かがやらねばならなかったから、皆に人気のある下級将校がそれを任された。さりとて、そのような役として彼が尊大に振る舞うことは決してなかった。

暑さと埃の中で骨折る単調な行軍は、必ずしも部隊の気分を高揚させるものではなかった。そこで、われらが有能なシュピースがアイデアをいくつかひねり出した。最高潮の一つとなったのが中隊の祭りであり、これは午前六時から――われわれは大きな爆発音で起こされた――夜遅くまでかかり、歌謡コンテストや演奏、曲芸が行なわれた。アルコールはふんだんにあった。

その後の「小宴会」の際、パルチザンらしき者が目撃されたゆえに一個分隊を直ちに斥候に出せと、突如として命ぜられた。選ばれたのはわが分隊であり、存分に味わったワインのせいで立っているのもやっとであったけれども、出発した。必ずしも指示どおりに動いたわけではなかったものの、

中隊の祭りで俳優の演技を鑑賞する隊員（円内が著者）

一時間ほども野を行軍したわれわれは疲労困憊してしまい、私は斥候長として敵はいないと判断した。そして、岩にあいた小さな洞窟を探し、義務は果たしたと思いながら皆で眠り込んでしまった。

何が起きても不思議ではなかったと、いま想像しただけでも身の毛がよだつ。翌朝、われわれが中隊に帰着を報告すると、夜間の作戦行動を褒められさえした。酔っぱらいには特別な守護天使がついているようだ。

そうこうしているうちに、今や私の弟〔原注：カール・クリスティアンゼン、一九二四年六月二八日生、一九四五年四月九日没〕も前線での作戦に就いていた。私自身は一九四四年七月からイストラでパルチザン狩りをしていたが、その間、弟は五月に全快した後、セルビアに駐屯する教導大隊に配置換えになっており、八月からは所属部隊と共にバルカンで撤退戦に巻き込まれた。それだけでも十分に由々しいことだったが、九月末頃から彼宛ての手紙がそのまま差出人に返送されるようになり、両親の心配も耐えがたいほどの重荷となっていた。

父は手持ちの手段を使って、弟がいるはずの部隊がさまよえる包囲陣〔監訳注：包囲されたまま、自陣に向かって突破と退却を進めているさまを示す言葉〕として自ら北への突破を試みようとしていることを確かめたものの、これでは弟の実際の運命についてはさほど分からなかった。それだけに、ようやく弟が一一月一五日に本国行き病院列車から知らせを寄こしたときは、安堵も大きかった。

部隊は包囲環からの脱出に成功し、弟は昔からの持病である中耳炎を再発させた。それ以前の数週間は弟にとって非常に厳しいものだった。特に、突囲の際にセルビア人パルチザンの手に落ちてしまっていた。しかし、射殺されることになっていた日の前夜、ほかの仲間と共に監禁されていた納屋から文字どおり地面を掘って外に脱出し、逃げることに成功したのである。

6 将校選抜課程

フェルデス　一九四四年一〇月

一九四四年一〇月初旬、われわれはまたも列車に乗せられ、数日後にウィーン近郊のバーデンに近い村に着いた〔原注：ドイツに移動したのは、アプヴェーア特殊部隊としての「ブランデンブルク師団」が解隊され、今や装甲擲弾兵師団として「グロースドイッチュラント」師団と共に「親衛装甲軍団《ガルデパンツァーコーア》」、すなわち通常の陸軍部隊として投入された結果だった。この転換措置に特に打撃を受けたのがわれわれの義勇兵だった。彼らはわれわれの部隊を去らねばならず、「ウラソフ軍」《監訳注：ロシア人捕虜から志願者を募って編成された反スターリン義勇兵部隊》に配置換えとなったが、その隊員はのちのドイツ降伏後、英国政府の事前確約に反してソ連邦に引き渡されていた。この哀れな連中の多くが生き延びられなかったことだろう。この転換の流れの中で、われわれの元中隊長ヴァルター・シュトラウプも交代させられた。私は、東プロイセンとチェコスロヴァキアでの戦闘に生き残った彼とほかの中隊員と、数十年後にシュパイアーで開催された戦友会で再会した〕。

その直後、私は伍長勤務士官候補生《ファーネンユンカー・ウンターオフィツィア》に任ぜられ、ほかの三人と共に選抜教育課程のためフェルデス〔原注：現在のブレッド。スロヴェニア北西部にある都市〕に隊伍を組んで向かった。

あらゆる種類の課程を実施している教育隊は、元ゴルフホテル――どの村からも遠い場所――の中に収容されていた。そのため気分転換の手立てが不足しており、その分、勤務は厳しかった。はっきりした理由があるわけでもないのに鼻持ちならない人間もいた。残念なことに、教育隊のシュピースがこの類だったため、私は通常勤務に加え、UvD（当番下士官）として警備勤務をほかの誰よりも多く命ぜられた。

私が1945年1月に知り合ったローデリヒ・フォン・シェーナウ＝ヴェーア

ちなみに、そうした立場で知り合ったのが、のちの友人にして苦労仲間のローデリヒ・フォン・シェーナウ＝ヴェーアだった。彼についてはもう少し説明しておくべきであろう。
ローデリヒはジグマリンゲンに古くから定住している家系の出だった。父親はドイツ領南西アフリカで有名になった植民地保護軍の将校だった。ローデリヒ自身は、一族のしきたりに従って植民地学校に通い、戦前は農夫としてドイツ領東アフリカで働いていたが、突然の戦争勃発に不意を突かれ、当初は英国に抑留されていた。一九四〇年に独英政府の間で締結された協定――英軍負傷兵とドイツ人抑留者の交換――によってドイツへの帰国を果たし、在外ドイツ人として当然のごとく「ブランデンブルク」に行きついたのである。

ローデリヒはアフリカとロシアでの作戦行動をすでに経験しており、課程の中で最年長で、シュヴァーベン人の長所と短所を全て兼ね備えていた。つまり、頼りになり、どちらかといえば寡黙で、冒険心があり、信じられないほど頑固だった。

課程の終了が然るべく祝われ、これを機に作成された小冊子〔原注：この小冊子のオリジナルは、筆者所有の文書中、H・B・クリスティアンゼン関連に収められている〕では、ほかならぬわれわれ一人ひとりがからかわれており、私については次のように書かれていた。

あれは誰だろう――あそこの草原の上で、轟音伴う声が
頭のてっぺんからつま先まで湿気を通して染み通る
立つは赤巻き毛のフリース人。上げ下げしながら
（賢い野菜に挟まれて）思うはいつも軍務のはず
頭のてっぺんからつま先まで、いつも得意げに際立つは
講釈口調のプロフェッサー――彼は万年当番下士官！！！
新年に向けてまた（足の指の間に咲くはライラック）

ときどき——ときたま石鹸、ブラシ、スポンジで体を洗う！！

教育課程は誰もが合格できたわけではなく、約二割が落とされたので、それに合格したのは嬉しかったが、いちばんの驚きはブリュン〔監訳注：現チェコ領ブルノ〕近郊のヴィシャウ〔原注：チェコの一都市で、現在のヴィシュコフ〕所在の軍事学校で教育課程が始まるまで、短期の帰郷休暇をもらえたことだった。そのため、私はクリスマスを実家で過ごすことができた。弟〔原注：カール・クリスティアンゼン〕と再会するため、ハンブルク経由で帰った。ハンブルク衛戍《えいじゅ》病院で共に過ごせた短い時間の中で、われわれはこれまでにないほど親密になった。

私の弟カール・クリスティアンゼン。私がハンブルクの衛戍病院を訪れた折の一葉

7　ヴィシャウでの士官教育

ヴィシャウ　一九四五年初頭

士官教育課程は現在の基準からしてもきつく、厳しかったが、われわれのほとんどが前線での経験が長かったため、もっと嫌なことにも慣れていた。求められるものは大きかったが、実施されている方法に楽しくなったりもした。

父からはもう長らく音信不通だった。赤軍がクラクフで突破したことは国防軍発表で聞いていたが、父がどうなったのか、いまどこにいるのかは分からなかった。一九四五年二月二日前後のある土曜日の朝〔訳注：土曜日だったのは三日〕、私は突如として監督官事務室へ出頭を命ぜられた。してはいけないことを何かしでかしたのか、士官候補生や教育課程参加者の身分では正確なところは何も分からず、私は仲間から同情の目で見られながら、多少ドギマギしてそこに赴いた。

神聖なる軍事学校総務室に然るべくきびきびと入り、シュピースとその傍らに立つ将校のもと、出頭を報告した。その将校は、私の軍隊式のもったいぶった態度にわずかに微笑むと、こちらに手を差し伸べ、自分は君の父上の戦友だと自己紹介した。彼は、翌朝に私をヴィシャウのある場所で拾い上げ、私の父に引き合わせるという嬉しい任務を授かっているらしい。さらに、月曜日朝の起床ラッパまでの休暇もすでに許可されているという。

そう、そしてその翌日、私は父と再会して大喜びしただけでなく、戦争のみが産み出せる信じられないような場面転換を経験した。少し前には、多少なりとも苦労している空腹感の絶えない士官候補生が、今や将校が運転する乗用車の席に座り、二時間ほど父と細々《こまごま》とした話をした後に、豪華な邸宅へと連れていかれたのである。これは、軍事学校まで訪ねてきて私を父のもとに送ってくれた将校の実家だった。

将校の両親はその地方で最も裕福な砂糖製造業者であり、この家では何一つ不自由がなかった。平和の真っただ中にいるかのような食事と飲み物。召使による給仕。それに加えて楽しい仲間がおり、これにはこの家の可愛らしい娘も含まれた。まるで別の星にいるかのように思われた。時間は飛ぶように過ぎていった。もちろん、睡眠など二の次であり、翌朝六時ぴったりに兵舎の門に送り届けられたときは、その後の野戦勤務に順応するのが容易ではなかった。

この将校の祖母はヴィシャウに住んでおり、私はそこでの夕食に招待されることになった。当初は非常に優雅なものだった。制服を着た召使に邸宅の門で迎えられ、客間に案内されただけでわくわくした。なにしろ、こんなことは映画の中でしか知らないし、兵隊にとっては完全に不慣れな雰囲気だった。そこで私は、未来の将校たる者、かく振る舞うべしと思い、部屋に入ってきた威厳ある老婦に挨拶すべく、手の甲にキスをすることにした。私のことを知っている者なら、そんなことをしても失敗するだけだと予想できるだろう。差し出された手を握り、キスしようとお辞儀したところ、頭を下げすぎたようだった。婦人は、手間を省いてやろうと善意で不意に手を少し引いたのだが、私はその動きにつられ、手を強めに握っていたこともあり、婦人の腹部に頭突きを食らわせてしまった。彼女がそれをユーモアをもって受け止めてくれたので、この失敗がきっかけとなり、素晴らしい食事と最高のワインで楽しい夜となった。彼女とその家族は、あの直後のドイツ崩壊と赤軍の進駐をどう経験したものか、そもそも彼らは生き延びたのかと、私はのちに何度も思わざるを得なかった。

私は軍事学校在学中も父とは会っていたが、その後はもっと頻繁に会うようになった。というのも、父の出先機関の一つがブリュンにあり、ヴィシャウから簡単に行けたからである。父のその事務所で過ごしたある晩のことはよく覚えている。そこである会合に立ち合い、それにいくぶん驚いたためだ。会話相手の一人はチェコ人で、数日中に「ロンドンに飛んで帰る」と言っていた。もちろん、私は後になってもこれ以上の事情を詳しく訊きはしなかった。ところが、不思議に思ったのは私だけだった！　ほかの全員にとっては至極普通のことであるように見えた〔原注：これについては [7] Albert Speer: „Erinnerungen", Frankfrut/M. Berlin 1999; S. 486, 487 およびシュコダ社との往復書簡も参照のこと〕。

父（中佐）と著者（少尉）

ちなみに、この会合では、士官教育課程修了後に私をＦＡＫ〔原注：Front-Aufklärungs-Kommando：前線捜索分遣隊〕に転属させることも決まった。

戦線は東西両側から日に日に近づいてきたが、学校運営はほぼ平時どおりに続けられた。今となってはそれに首をかしげるだろうが、一九四五年三月になっても、軍事学校主催の舞踏会がブルノの「ドイツハウス」で開催され、これにはドイツ人家庭の娘たちが招待された。チェコ人のダンスバンドが演奏し、ワインが供され、教官の監視のもと、夜明けまで続く楽しいパーティーへと発展した。私が次の舞踏会を経験することになるのは、この一一年後のことだった。

一九四五年四月初頭、父が中佐に昇進し、私は士官教育課程の修了とほぼ時を同じくして少尉に任官した。当時の戦況図を見れば、私の任官と課程修了後にまずはヴィシャウからポツダムへの行軍に編入され、そこのいわゆる予備指揮官部のもとに数日滞在した後——ちなみに、私はこの時のポツダム空襲の一つで荷物をまたも丸ごと失った——、コリーン〔原注：中央ボヘミア地域にあるチェコの都市で、プラハの東方六〇キロメートルに位置し、エルベ川に面する〕近郊の、父の本部が置かれていた小村に戻ることができたことなど、ほとんど信じられないだろう。

8 少尉として部隊に復帰

この混沌とした移動が成功したのは、南ベルリンのＦＡＫ（前線捜索分遣隊）出先機関でいわゆる「重要防諜証明書」をもらっていたためであり、そのおかげで極めて厳重な検査を全て通過することができたのだった。四月一五日頃、私はＦＡＫ第３０５部隊に到着し、まずは自分の誕生日と昇進を祝った。

われわれは、一緒にいられるこの日々を存分に楽しんだ。父の仕事がある日中は、本部の若い婦人の一人と、あるいは父とも、馬に乗って春を駆け抜ける機会が与えられ、晩にはパーティーが開かれた。二晩、というか二夜のことは、まだ非常にはっきりと覚えている。ある晩、父と私は本部員の懇親会に際して、歌を何か披露してほしいと夜更けに頼まれた。われわれはさっそく腕も組んでテーブルの上に立ち、大声で歌ったが、さほど快く聞こえなかっただろう。

別の夜には、私は父の副官と幕僚二人と共に夜明け近くまで酒を飲んだ。父は早くも二時頃には降参した。明るさが増すなか、われわれが意気揚々、やる気満々になって宿舎に向かうと、明らかに本部付きではない、われわれには無用のオートバイに出くわした。いろいろ話し合った末に、このオートバイを有効活用することにした。

われわれの一人には技術の才があり、短時間で前輪を取り外すことができた。「チーズを駅まで転がしたのはいったい誰だ」という歌を歌いとおしながら、村の中を常に一直線ならずとも、ひたすらに目的地を目指してそれを転がした。ところが沼という障害が迫ってきた。われわれは、この結構なおもちゃを必死になって通過させようとしたが惨めにも失敗し、われわれがポカンと見つめるなか、それはこの汚れた水の中に沈んでしまった。

その後に寝たかどうかはよく覚えていないが、いずれにせよ、われわれがその少し後、あまり生気のない表情をしながら隊長、つまり私の父と共に朝食の席に着いていたところ、本部が収容されている農園の管理人が興奮しながら駆け寄ってきた。彼は、「中佐殿」と声を荒らげてこう言った。「考えてもくださいよ、このクソったれチェコ人どもが私のオートバイを今晩使えなくしちまったんです。何とかしてくださいな!」。父は落ち着いたままだった。ほかに気がかりなことがあったのだろう。われわれは少し気分が悪くなったが。それからどうなったのかは覚えていない。その翌日か二日後、私は配属先部隊への転任命令を受け取った。ところが、われわれはさほど喜ばしくない状況の中でじきに再会することになるのだった。

私が配属された部隊は「シル部隊」〔原注：付録7参照〕と呼ばれ、敵の前進に際しては蹂躙されるがままにし、しかるのち、敵後方であらゆるサボタージュを実施することを任務としていた。しかし、この部隊の枠内で私が前線に出動することはもはやなかった。その直後のドイツ崩壊とそれに伴う出来事は、不快な印象の中の、気の滅入る混乱としてしか私の記憶に残っていない。

事態がこれほど悪くなると予想した者はわれわれの中に一人もいなかっただろうし、あるいは、そうした可能性をとにかく意識から排除したのかもしれない。それは分からない。

私は少し前まで、まだ昇進に鼻高々の、生きる喜びに満ちあふれた若き少尉だったが、ほどなくして、あらゆる手段で辱めを受け、飢え死にしそうでボロをまとい、法的保護の外に置かれた捕虜となったのであり、生殺与奪《せいさつよだつ》の権を握られたのだった。

9 降伏の混乱

五月七日の午後、私は警護任務を引き継ぐべく、隊長たる自分と上級士官候補生二人、そして兵二〇人からなるわが隊と共に、「シェルナー」軍のもとに赴くよう命ぜられた。

真夜中頃、司令部が入っている複合ビルの前にトラックで乗りつけると、もはやそこにはわれわれの到着を報告できる者は一人もいなかった。西方にとうに撤退していたのである。

さてどうしたものか。命令はもはや遂行不能だったので、私は「帰隊！」と命じた。この命令がこの状況下でいかに非現実的で軽率だったかを考えると、私は今でも気分が悪くなる。われわれはできるだけ早急に西へ向かう代わりに――われわれが降伏について知ったのはこの時点だった――、道路上を大挙して逆流してくる隊列の流れに逆らいながら、またも東に向かったのである。叩き込まれた規律が、ほかの選択肢を選ぶことを私に許さなかったのだろう。

ともかく、当時の自分にとってはそれが当たり前だったのである。部下にとっても同様だったことは明らかだ。途方もない苦労の末にバート・ライネルツ〔原注：ニーダーシュレージエン所在の保養地で、現在名はポーランド南西部に位置するドゥシュニキ＝ズドルイ〕駐屯地に到着すると、これ以上考えられないほど落ち込んだ気分になった。

中央広場は絶望した人々であふれており、取り乱して泣き叫ぶ者、ヒステリックに笑ったり泣いたりする者、酔っぱらった者、あるいは激論する者でいっぱいだった。揺らめく炎が全体を不気味に照らし、路上では、ソ連軍の手中に落としてはならない何かの書類が、その火を使って燃やされていた。赤軍は数時間後にやってくると予想され、良いことは何もなかった。われわれがトラックで現場に現れると、一瞬静かになってから、こう叫び声が上がった。「若いのが帰ってきたぞ！」。われわれがそこからどうやって抜け出たか、今はもう覚えていない。

私はわれわれの部隊長に帰着報告をしたが、彼はわれわれが現れるとは見込んでおらず、直ちにまたも逆方向に向かうことになった。もっとも、わがグループの構成はいくらか変化していた。何人かは別方向を目指していったし、恋人を一緒に連れていくのを許してほしいと願い出た者もおり、私がそれを許可したこともあって、かなり軍隊らしからぬ一団が出発した。ただ、トラックと運転手だけは同じだった。

われわれは避難民全体の流れの中に紛れ込んだが、それは想像を絶するほど雑多だった。国防軍の隊列、ハンガリー軍の兵員、制服を着たフランス軍捕虜に付き添われる難民の列、SS〔訳注：親衛隊〕に護送される、縞模様の服を着た強制収容所の囚人、はぐれた個々の兵士、さらには子供の集団すらあったが、これはおそらく学童疎開の収容施設から出てきたものだろう。

われわれは先に進めなかった。米軍は占領地の境界線を濃密に敷いており、今やその前で隊列がせき止められた。どうやって先に進めばよいのか誰にも分からなかった。ソ連軍が迫るのにアメ公が先に行かせてくれなかった。

二日後、私とほか何人かの忍耐も限界に達し、徒歩で先に進むことにした。米軍の後方地まですり抜けることに成功し、最悪の事態は免れたと思って注意力散漫になった途端に捕虜になってしまったのだが、望んだような米軍の捕虜ではなく、チェコ人民兵の手中に落ちたため、最悪の事態がわれわれに起こっても不思議ではなくなってしまった。

最初の夜を過ごしたのは、裏庭に長らく放置されていたと思われる、錆びた古いボイラー室だった。さほど快適ではないこの寝場所に押し込められると、ここにはすでにさらなる捕虜が一人いることが分かった。彼は武装SS隊員であり、そのため翌朝に射殺されるものと考えていた。われわれは、何とか無事に残っていた最後のタバコを彼と分け合った。われわれが夜明けに外に連れ出される一方、この哀れな男は地下牢に留まらねばならなかった。彼の身に何が起きたかは分からない。おそらく、心配していたことが的中したことだろう。

自分がその後の日々を生き延びたのは幸運だったといえる。われわれは、撃ち殺されたり殴り殺されたりするのではないかと常に怯えながら生き、見張りの横暴にむざむざとさらされながら、その地を追い立てられた。食料といえば、たまに出されるいくらかのパンと水だった。われわれの集団には毎晩、別の捕虜が加わり、いくぶん大きくなった。最後に米軍の仮設捕虜収容所に到着すると、少なくともチェコ人の嫌がらせはなくなったが、われわれの暮らしぶりは良くはなかった。

収容所は有刺鉄線が張り巡らされた運動場でしかなく、米軍が勝手気ままに集めて投獄した兵士や民間人、看護婦、負傷者で徐々にいっぱいになった。体に対する直接的な虐待がなくなった代わりに、食料がほとんどなかった。われわれはもう以前から何ももらっておらず、ひもじい思いが続いた（のちにこれは米軍司令部が意図的に命じた「懲罰的措置」だと知った）。だが、事態はさらに悪化することになった。

10　ソ連の捕虜に

五月二〇日頃、突如としてソ連軍の将校が収容所に現れ、その翌日、看護婦と負傷者を含む収容者全員がトラックに乗せられ、しばらく走った後にまたもチェコ人民兵に引き渡された。われわれは、うだるような暑さの中を食料もなく――水すらなかった――赤軍の中間収容所まで四日にわたって行進させられた。

この収容所は、数万人のドイツ兵用にスラビング〔原注：おそらくツラビングスのこと。チェコのメーレン南西部にある都市で、チェコ名はスラヴォニツェ〕近郊の広大な森林地帯の中に設置されていた。行進を耐え抜いたわれわれは、夜遅くにようやく収容所に到着し、チェコ人民兵から解放された。

翌朝、ようやく熱いお茶と、一人ずつにパンの耳一つが配られた。ドイツ人の収容所管理が機能していることはすぐに分かった！　非常に元気づけられ、体をきれいにしようと考える余裕もできた。われわれは相当ひどい恰好をしていたに違いなく、辛労辛苦《しんろうしんく》の数週間の果てにようやく、ほんの一瞬のうちになすすべもなく酔っ払った兵隊に引き渡されるのではないかと恐れることもなく、小川で体を洗えたことはありがたかった。

冷たい水に自分の酷使した足を伸ばしたまさにそのとき、不意に「少尉殿、少尉殿！」と呼ばれ、見ると、なんとそれは父の若い部下たちだった。その数分後、私は父を抱きしめることができた。父は本部の全員もろとも五月八日にソ連軍の捕虜になり、それ以来この収容所にいたのだった。再会の喜びが大きかったのは当然としても、互いに相手が西にたどり着けることを願っていただけに、多少の落胆も混じった。

しかし、ここでちょっとした問題が生じた。本部員と共にメラニー・ヨスト嬢もソ連軍の捕虜になっており、万が一の手出しから彼女を守るため、父はこの若い女性を自分の妻と偽っていた。ちなみに、彼女は私が少し前に父の本部に滞在した折に一緒に馬で出かけた、まさにその娘だった。むろん、私が急に姿を現したことは想定外だったとはいえ、この芝居を周囲の人々に対して続けるため、私は彼女のことを「お母さん」と呼ばざるを得なかった。滑稽ともいえるこの状況は、長くは続かなかった。

五月末、ソ連軍の収容所長がドイツ軍将校の妻を直ちに帰国させると誓約した旨の通知が発表された。われわれはそれを信用したし、当然のことながらのちにそれが正しかったと判明した。この通知により収容所に来た女性全員は将校夫人と偽り、私は、これまで会ったことも聞いたこともない赤毛

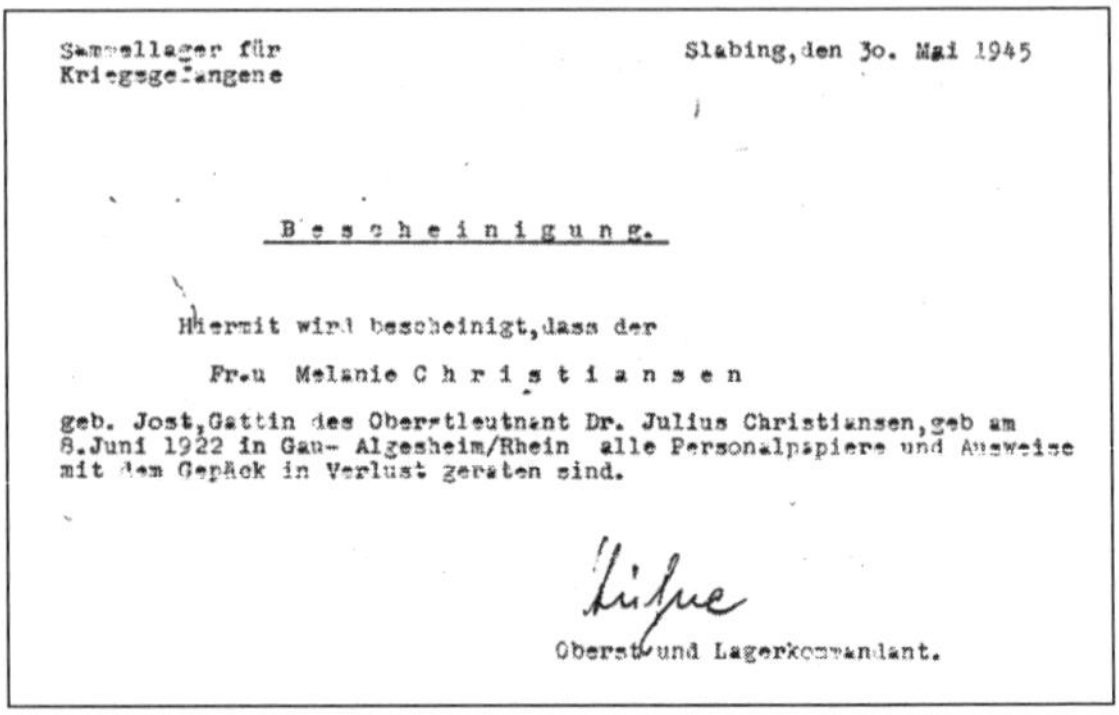

Sammellager für Kriegsgefangene

Slabing, den 30. Mai 1945

Bescheinigung.

Hiermit wird bescheinigt, dass der

Frau Melanie Christiansen

geb. Jost, Gattin des Oberstleutnant Dr. Julius Christiansen, geb am 8. Juni 1922 in Gau- Algesheim/Rhein alle Personalpapiere und Ausweise mit dem Gepäck in Verlust geraten sind.

Oberst und Lagerkommandant.

中間捕虜収容所　　スラビング　1945年5月30日

証明書

本状をもって、
1922年6月8日ライン／ガウ=アルゲスハイム生まれの博士ユリウス・クリスティアンゼン中佐の令室たるメラニー・クリスティアンゼン夫人、旧姓ヨストが、私的文書および身分証明書を荷物もろとも全て紛失していることを証明する。

署名
大佐兼収容所長

「クリスティアンゼン夫人」に発給された公式証明書

の女の子と結婚していることになった。

一方、クリスティアンゼン夫人となったヨスト嬢は、一九四五年八月にオーストリアの一収容所を経由してハンブルクに到着し、父と私がソ連軍の捕虜になっているとはいえ、少なくともまだ生きていると私の母に伝えてくれたのだった。

その後の数週間、父と私はずっと苦労を共にすることになる何千人もの捕虜とさらに二回、別の収容所に移されたが、それらはわずか数日の行軍で到達できる距離にあるものであり――私の記憶ではルドレッツ〔原注：おそらくチェコの町チェスキー・ルドレッツのこと（ドイツ語：ベーミッシュ・ルドレッツ）〕とノイ・ビストリッツ〔原注：

チェコの都市（チェコ語：ノヴァ・ビストジツェ）〕の付近——、われわれ二人には、将来の運命も分からずにほかの大勢と共に夏のような暑さの中を追い立てられることは、奇妙で息苦しく感じられた。この間に故国がどうなっていたかも、われわれには分からなかった。

われわれはある収容所で丸坊主にされ、それによって重罪人のように見えた。当然われわれは激怒し、当初はそれに抵抗しようとした。食料没収その他の手段による脅迫のために結局は屈服したが、のちにこの脅迫は嫌がらせではなく、今日までソ連軍では普通の、衛生上の必要措置だということも分かった。

われわれがウィーン近郊のデラースハイム〔原注：現在はニーダーエスターライヒのペラ区に属する〕の近くに到着したのは六月末のことだったと思うが、そこで、鉄格子が付けられた家畜車に無理やり押し込められ、フォスツァニ〔原注：ルーマニア東部の都市（ルーマニア語：フォクシャニ〕で途中下車し、ここで兵卒が分離され、将校のみを乗せた輸送列車がロシア方向に向かった。

われわれは、狭く、息苦しいほどに暑い貨車の中で押し合いへし合いしながら横になり、自分が惨めに感じられて意気消沈した。水はほとんどなく、食べ物はわずかしかなかった。用を足すにも穴の中にせねばならず、それとて貨車の真ん中の床にノコギリで開けただけのものだった。

ある夜、列車が積み荷を乗せたまま、ステップ地帯のようなどこかの場所で長時間にわたって停車した。その積み荷である男たちは、少し前までは多かれ少なかれ責任ある地位にあったが、今や権限

将来が見通せない中での行軍

のない生物という運命に耐えねばならなかった。

いくらかの涼をもたらす雷雨が屋根を規則正しく叩き、そんな雰囲気の中、最果てのアジア出身であろう一人のソ連軍衛兵が音程の高い、けたたましい、終わることのない下手な歌を歌い始めた。

われわれは、不気味に響くこのメロディーに、前途にあるものを予感した。そしてこの雰囲気の中で、父は落ち着きはらってこう言った。

「ジュルトを見ることはもう二度とないだろうな」

11 ソ連の収容所

レベジャン付近の収容所　一九四五年六月

列車による果てしない移動――われわれにはそう思えた――が終わると、モスクワの南西約三〇〇キロメートルのドン川に面した小村レベジャンの近くで降ろされた。われわれが送り込まれた収容所〔原注：第三五収容所〕は蒸留所の廃墟に応急にしつらえたもので、いわゆる古参捕虜、つまり戦時中に捕虜になった兵士がすでに四〇〇〇人ほどいた。

収容所に入る前に、わずかばかりの所持品もろとも徹底的に検査され、とりわけ写真や手紙などの私物は全て奪い取られた。このような検査のことをわれわれはのちに、単に「フィルツェン〔訳注：Filzenには「厳重な検査」のほかに「盗み」の意味もある〕と呼ぶようになった。

最初の頃の夜は、何カ月も飢えていたナンキンムシに大挙して襲いかかられたため、気候が温暖なときはたいてい野外で寝るようにした。それ以外にも、われわれはできるだけ外の空気に触れた。な

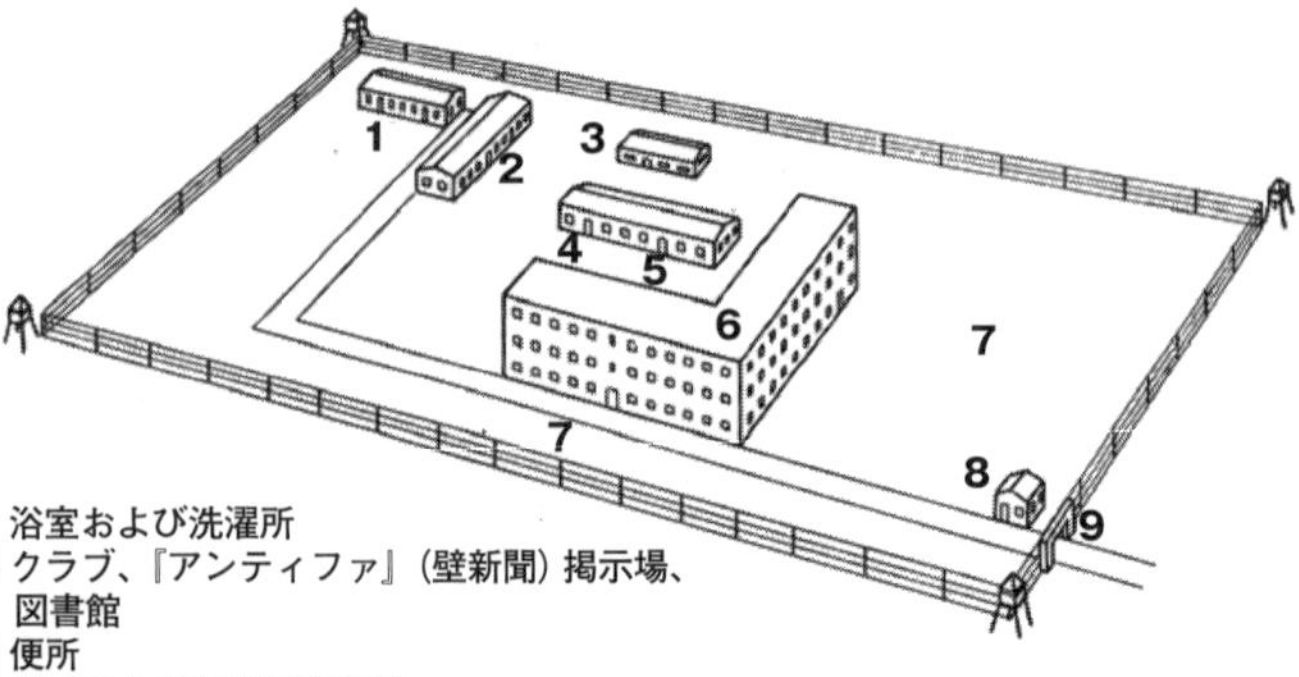

1 浴室および洗濯所
2 クラブ、『アンティファ』(壁新聞) 掲示場、
　図書館
3 便所
4 ドイツ人の収容所管理部
5 調理場、パン切り場、靴製造所、仕立て場
6 捕虜の宿舎（この中に衛生・医務室、病室、理髪室があった）
7 点呼場
8 衛兵詰め所
9 収容所の門

レベジャニの収容所

ぜなら、大ホールの中で一人に与えられた生活空間は縦七五センチメートル、横二メートルの木製簡易ベッドの上に限定されたからである。腰掛けや机のようなものは一切なく、部屋の大きさに応じて二段ないしは四段に作られた簡易ベッドの間に、狭い通路があるだけだった。われわれは「棚住まいの人」だった。照明は、部屋ごとにみすぼらしい電球が一個で、それで間に合わせねばならなかった。

　佐官——私の父もそれに含まれた——は、大きめの部屋に収容されていた。われわれはドイツ人の古参捕虜とはほとんど接触しなかった。彼らもそうしようとはしなかった。何年間も徹底的な政治教育を受けてきた彼らからしてみれば、われわれは単なる「ファシスト将校」でしかなかったのだろう。

　われわれに対するこうした考え方は、ドイツ人

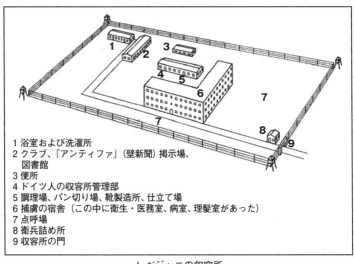

の収容所指導者にも当てはまった。彼は若い大尉で、ドイツ国防軍に占領された英領チャネル諸島の島の一つで戦争の大半を過ごし、ロシアでの初出動で捕虜になった。彼はわれわれを不快極まる言葉で侮辱する筋金入りの反ファシストで、氷室にぶち込むといった苛烈な禁固刑を言い渡した。これをくらった者が、のちに健康を害することも珍しくなかった。

彼の副官として務めていたのは博士某で、これも大して変わりなかった。収容所にはルーマニア人もおり、洗濯所や洗面所、仕立て屋などで最も有利な地位は彼らが占めていた。われわれは彼らから卑劣極まる虐待を受けた。ある朝、その中でも最悪の一人が便所で撲殺されているのが発見されると、事態はようやくましになった。

時が経つにつれ、手綱がますますきつく締められていくのが分かった。将校に対する労務動員〔原注：ハーグ陸戦条約第六条（一九〇七年一〇月一八日付け陸戦の法規慣例に関する条約）〕は当初は任意だったが、じきに大佐まで含めて強制労働が科され、しかも階級章と勲章を全て取るよう命じられた。

夏の残り数カ月間は食料がまだ十分あり、労働は収容所内外でのさまざまな軽作業に限られていたが、季節が進むにつれ、生活条件はいっそう厳しさを増していった。仕事はきつくなり、食事はキャベツの葉が一枚か二枚浮いている水っぽいスープのようなものだけになった。パンがない日もかなりあった。

寒さが厳しいにもかかわらず、暖をとることはできなかった。われわれの部屋にはストーブがある

『アンティファ』の日常の一例〔訳注：Wandzeitung＝壁新聞〕

にはあったが、薪がもらえなかった。精神的な刺激はほとんどなかった。図書館の蔵書はスターリンやレーニンの著作に限られていた。世界情勢に関するニュースは、「アンティファ」と略称された反ファシスト委員会の壁新聞で知らされた。

ちなみに、私はある日、この新聞の悪意に満ちた一記事の中に自分と父の名を見つけた。これには、ある少佐と弁護士の署名があった。私は食事について声高に不平を言ったことがあった。誰かがそのことをアンティファに伝えていた、ということは、この初期の時点ですでにスパイ機構が機能していたのである。

このようなことが起きたのは父と私だけではなかったため、「今までずっとあったファシズムに対する敵意」を今頃になってにわかに見つけだした「日和見主義者」については、やがて次のように称されるのが常となった。「調理場のそばを通り過ぎて反ファシストになろうと決めた」。「ファシスト」が一夜にして「カシスト」〔原注：ロシアのそば粥「カーシャ」にちなむ〕になったのだと、ともかくもわれわれは彼らのことをそう呼んだ。

クリスマスシーズンはわれわれの人生最悪の、わが家で慣れ親しんでいたものとはまるで正反対のものとなった。二四日のイブには、またしてもパンがなかった。それにもかかわらず、われわれは凍てつく寒さのなかで一日じゅう働かねばならず、しかも夕食は茹でた赤カブ一個だった。われわれ二人はあまりに弱っており、疲れてもいたので、互いにちょっとうなずいただけで自分のベッドにそっと戻った。二人で何を話し合えというのか。昔のクリスマスは良かったと言ったところで、われわれの絶望はもっと深くなるだけだったろう。

どこかで何人かの仲間が小合唱団を編成しており、クリスマスソングを歌った。だが、このメロディーと寒さ、飢え、絶望、そして暗闇とのコントラストがあまりに大きかったため、われわれの琴線に触れることはなかった。翌朝、さらに悪いことに、父と私は付近の簡素な畑に設置された収容所墓地で墓穴を掘るよう命ぜられた。凍結した地面では、金梃子を使ってもさほど深くは掘れなかった。ほかの墓を手本にすることができたが、それらは死んだ仲間の体を盛土が辛うじて覆っている程度のものだった。

寒さと栄養失調、水っぽいスープにより、時が経つにつれて夜も落ちつけないほどの悪循環に陥った。横になって毛布やコートの下でいくらか温まった途端に腎臓が活発に働くようになるため、すぐに凍てつく寒さの中を便所に行かねばならなくなった。冷え切って簡易ベッドに戻り、やっと温まるとまた同じことの繰り返しだった。

それに加えて、故郷と連絡できないという耐えがたい状況でもあった。家族はまだ生きているのかどうか、もし生きているとしても家はどうなっているのか、見当もつかなかった。本来なら利用できるはずの赤十字の絵葉書は、われわれには配布されなかった。

こうした状況の中で父の容態はみるみる悪化していった。父はその後の一九四六年一月、誰がまだ働けるかを一カ月おきに確かめる収容所の女医から、もはや就労可能でないと宣言され、ベッドに留まることを許可された。この「医師による診察」は「検査」とも呼ばれ、われわれにとって想像し得る限り最も屈辱的なものだった。引率されて裸のまま、女医または男の医師の傍らを通らされるのである。検査されるのは尻だけであり、つねられることもあった。奴隷市場を彷彿とさせるこうしたやり方の根拠となったのは、栄養失調で最後にたるむのが臀部の筋肉であり、それによってまだ労働可能かどうかを判別できるということだった。そして、それに応じた労働グループに分類された。

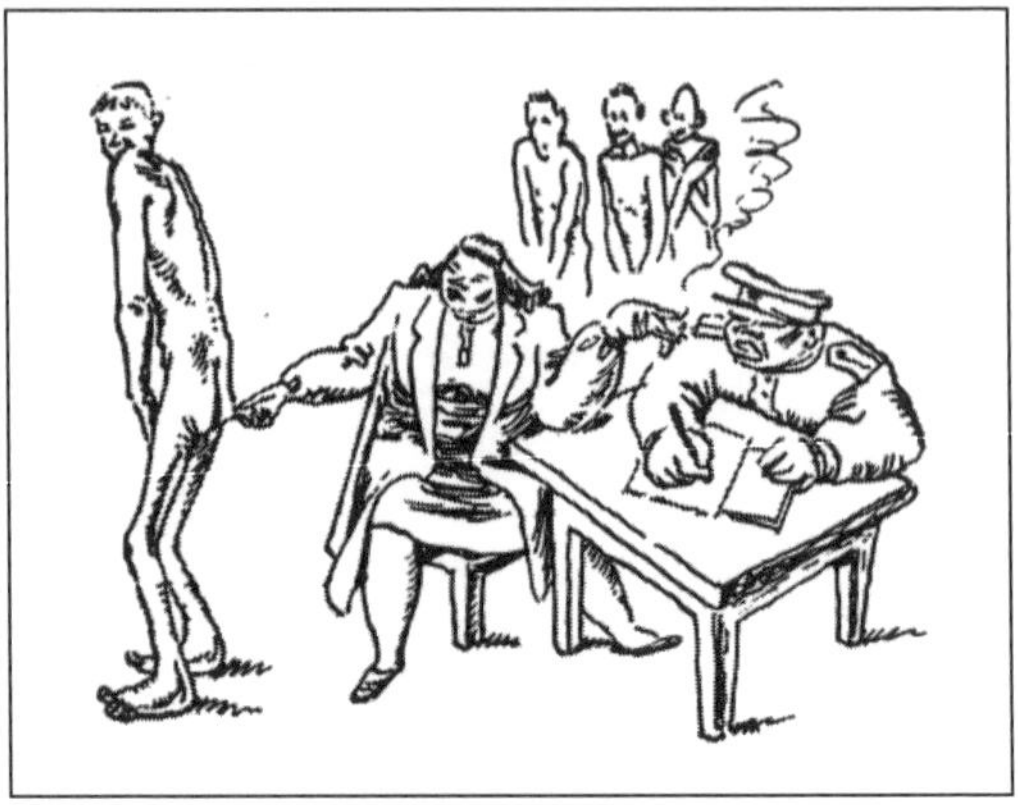

屈辱的な「検査」

私はといえば、一九四六年二月に「ＯＫ」〔原注：Otdych-Kompania：休養中隊〕付と診断された。これは、限定的な就労能力しかないという格付けを意味した。だが、この下に、もう一つ等級があった。そうなると「栄養失調」の烙印が押された。私の「ＯＫ」の等級には少なくとも追加の利点があった。父と同じ部屋で暮らすことができたことだ。われわれ二人のどちらにとっても、相手が苦しんでいるのに助けることもできずに見守るだけというのは恐ろしく辛いことだった。自分自身が子供を持った今になって、ようやく父の胸中がおぼろげながら察せられるのである。

パン運搬車と共に

絶え間ない空腹により、心理的な妙なことが生じた。女性との恋愛についてかつて語り合ったように、どこかで味わった美味しい料理について互いに語ったのである。レシピを交換し、極めて詳細に説明した。わずかなパンを小さく切り分けるか、大きく切って食べるかの議論は果てしなかったし、パンはせめて二五回は噛むべきと思い込んでいる者もいた。栄養と生存可能性を最大限に引き出すにはそれしかないというのである。

父と一緒にいられる時間は長くは続かなかった。父の健康状態があまりに悪化し、収容所の病院に入院する必要があったからである。その建物は一〇〇〇メートルほど離れた収容所主棟の小さな複合施設の中にあり、そこには製パン所もあった。毎朝の点呼の際は興味津々でそこを眺めたものだった。製パン所の煙突から煙が出ていれば、その日はパンあり、出ていなければ今後二四時間は腹を鳴らしながら生き延びねばならないということを意味した。パンができると、収容所主棟の作業班が厳重に鍵のかかった箱型荷車でそれを運んできた。

その後、私は時々この作業班と共に病院区域に入ることができ、ほんのわずかの時間、父を見舞うことができた。その折に見た人間の悲惨な光景は、長らく私の心に付きまとって離れなかった。父は一人で最悪の事態を想定していたに違いない。これまでずっと持ち運んでいた日本の絹製裏地付き寝袋を、一言もいわずに私に譲ってくれた。当時の状況からすれば、それは生死にかかわる貴重品だった。これはその後何年も非常に役立ってくれた。

この収容所の死亡率が実際にはどれほど高かったのか、むろん正確には分からないが、われわれは当時、二割から三割と踏んでいた。のちに知られるようになった情報によると、レベジャン収容所の墓地には四〇〇の墓と六五の共同墓坑があったとされる。

一方、レベジャンの耐えがたい状況についての情報は、モスクワにも確実に届いていたものと思われる。いずれにせよ、一九四六年四月末にその一委員会が現れ、その結果われわれの生活事情が急激に改善した。われわれの健康を回復させるべく、数日間はパンの分量が急に二倍になったり、とりわけ牛肉入りの麺といった温食がたっぷり出たりもした！

基幹収容所ではない外部収容所に居住し、そこで働かされていた仲間が戻ってきた。その中には、私と共に米軍の捕虜となり、そこからレベジャンにやってきた上級士官候補生も一人いた。以前の彼とはほとんど見分けがつかなかった。顔が、生きている人間というよりも髑髏《どくろ》を思わせたからだ。自分の外見もそれよりましということはなかろうと、怖くてならなかった。

リャザン付近の収容所　一九四六年五月

一九四六年五月頃、収容所が最終的に閉鎖された。まだいくらか働けるわれわれは、リャザン付近の収容所〔原注：おそらく第四五四収容所〕に移された。元の収容所を出て列車で輸送される前に、身体検査をもう一度受けたが、それを行なったのはロシア人ではなく、なんとわれわれの佐官数人だった。彼らはそれに自ら加担していたのである。私が検査を受けた少佐からは、デラースハイムの収容所にいたとき以来ずっと保持していたチェス盤を奪われた。「あらゆる類のゲーム」を取り上げるよう命じられているとのことだった。

佐官と父を含む入院者は、われわれが言うところのいわゆる保養収容所に入った。私は父とまたも離れ離れになったが、のちに再会することになった。この収容所でもようやく、つまり捕虜になって一年以上経ってから、語数制限のある絵葉書を月に一通、家に送ることができるようになった。返事が来るまでにはそれなりの時間がかかったため、弟の死を今になってようやく知った。

弟は、一九四五年四月初旬のルール包囲戦で大腿部に貫通銃創を負い、加えてガス壊疽《えそ》と心臓衰弱も

私の弟カール・クリスティアンゼンの墓（1925年６月28日生、負傷後の1945年４月９日没）

発症したため、四月九日にある野戦病院で死亡した。母は、ヴェストファーレンのゲシェル衛戍病院を担当する従軍牧師の書簡〔原注：原本はカール・クリスティアンゼンに関する著者の基礎資料中に存在〕を通じ、一九四五年九月に末息子の死を知った。

母が父と私について知っていたのは、一九四五年六月時点でわれわれがまだ生きており、共にいるということだけだった。名目上の「クリスティアンゼン夫人」〔原注：メラニー・ヨスト〕が母に連絡し、自分がいつ、どこでわれわれと一緒にいたかを伝えたのである。しかし、その後にわれわれがどうなったのかについては、彼女も教えることができなかった。母は、この非常にもやもやした状況が重荷となり、終戦直後の数カ月間に髪が雪のように白くなってしまった。

私が入れられたのはリャザンのいわゆる都市収容所で、状況はわれわれにとって比較的良かった。食事は豪勢ではなかったが、少なくとも飢えることはなかった。仕事はありとあらゆるものがあったが、多くは家屋の建設と修繕で、これらはさほど難しくなかった。宿所は非常に狭かった。簡易ベッドは、夜に一緒に寝返りを打つのがやっというほどの狭さだった。むろん毛布やマットレスなどなかったが、それにも対応できるほどわれわれの体はこの間に鍛えられていた。

衣服として使えるのは古くなった軍服だけだった。特に問題となったのが靴だった。それは、木製の靴底に一種の帆布が覆いとして釘付けされているにすぎないものだった。捕虜が隊列となって道路に出ると、木の靴底がカランコロンといくつも鳴り響くのが遠くからでも聞こえたものだった。

私はこの収容所にはあまり長くいなかった。ある日、何の告知もないまま工場収容所に移された。この収容所は農業機械を製造する工場に併設されていた。総勢六〇〇人ほどの収容者がそこで働いており、大きなホールで共同生活をしていたが、交代制操業のため、静けさは全くなかった。

しばらくすると、私は鋳物工場に入れられ、鋳型からコンベアベルトに振り落とされた熱い黒砂をふるいにかけ、それを再利用するためスコップですくうという作業を、とりあえず八時間連続で堪能させてもらった。実に骨の折れる作業だった。

われわれはロシア人男女の労働者と共に働いたが、彼らの境遇もわれわれとさして変らなかった。私はある年配のロシア人女性とスコップすくいを一緒にやったが、彼女は戦争で夫を亡くしていた。夜勤の間には短い食事休憩があったが、私が何も持っていなかったところ、彼女は自分で茹でたジャガイモ八個のうち——彼女にもそれ以上はなかった——四個を私にくれたのだった。こうした経験はこれ以降、何度もあった。それとは正反対のこともあったが！

ちなみに、この鋳物工場で働いていた労働者の一人は、スペイン内乱を共産勢力側に立って戦い、戦後にソ連に亡命したスペイン人であり、祖国には二度と戻れないことを悟っていた〔原注：これとは対照的なのが、戦時中ドイツ側に立ってロシアで戦い、その後の一九五五年にわれわれと共に解放されたスペイン青師団の隊員である〕。

私は一種の熟練工に昇進した。技術的な理解力に乏しい私のことを考えれば信じがたいだろうが、本当のことだ。つまり、作業ラインで個々の割り当て分を鋳型に準備させる鋳型工になったのである。私はロシア語を学び始めており、そのため工場管理技士と片言の会話ができたことが一つの役割を演じたのだろう。残念ながら健康が邪魔したため、「新鮮な空気に触れる」、つまり野外作業に投入された。

今では郵便配達も始まり、定期的に届くようになった。制限があったとはいえ、この郵便での連絡は、何年にもわたってわれわれを精神的に支えてきた臍帯《さいたい》のようなものだった。待ち焦がれた返事がようやく来ると、できるだけ静かな隅に引きこもり、仲間も気遣って一人にしてくれるなか、故郷を夢見ながらいくらか英気を養った。この収容所には絵を描くのがうまい仲間が一人おり、パン二〇〇グラムを謝礼として小さな肖像画を描いてくれたので、描かれた本人が健康そうに見えるようであれば、それを絵葉書として実家に送ることができた。

ある日、私の立場が急変した。日課の労働に出る際、隊列からつまみ出され、意外にも収容所の営倉に入れられた。最初は何もなかった。押し込められた窮屈極まる部屋で寝るには床に余裕がなかったため、われわれ六人は一人ずつ交代で、冬用ストーブの上に座って夜を過ごさねばならず、二、三週間そうやって待機した。先行きの不透明感と暑さ――季節は真夏――と空腹で、皆の苛立ちが募った。この中に一人いた大尉は、尊大な態度でどんどん不快な存在となっていき、ある日のこと私を激怒させたため、殴って病院送りにしてやった。

われわれは――それなりの根拠があって――彼が挑発者というよりもスパイとして送り込まれていたと推測していたので、彼がわれわれの仲間内から消えると雰囲気が多少は良くなった。とはいえ、今やNKVD〔原注：Narodny kommissariat wnutrennich del（内務人民委員部）の略称で、一九三四年から一九四六年まで用いられた。のちのMVD（内務省）〕による尋問が始まった。

われわれを入れる「容器」は、ソ連軍将校用の食料貯蔵庫の隣にあることが分かった。われわれは大いに苦労した末に、釘を巧みに使って、折れた床の縁板をマジックハンドのようなものに作り変え、これをわれわれの格子付き営倉の窓からこの貯蔵室の近くの窓に突っ込み、それが届く範囲内の食料を手に入れることができた。その多くは混じり気のないチーズとバターであり、当然のことながら翌朝には平らげねばならなかった。

残念ながら、私にとってこの食料給付期間は長くは続かなかった。ある尋問で中隊構成員の名前を明かすよう言われたが、私にはその気はなかった。すると尋問後に独房に入れられた。ここは非常に狭く、両腕を伸ばすと左右に一〇センチメートルほどの余裕しかなかった。奥行きは四歩分あった（私は今でもこの歩幅で無意識に往復できる）。自分の手の届かない電灯一つが照らすこの狭い部屋で九八日間の昼夜を過ごし、そのうち一〇日ほどは真っ暗闇だったので、発狂しなかったことが今でも驚きだ。

私を尋問したKGB〔原注：ソ連の秘密警察である国家保安委員会の略称で、一九四六年三月までNKVDの下に置かれていた〕の将校は、私の発言にいっこうに満足しようとはせず、電球を外してしまったのである（私はそうこうするうちに名前を明かしてしまっていたが、それらはたとえばテディ・シュタウファーのように勝手にでっち上げた名か、あるいはソ連の捕虜になっていないか戦死したことが判明している戦友の名だった）〔原注：これについてはH・B・クリスティアンゼンに関する著者の基礎資料中の収容所・懲罰関連書類の関連コピーを参照のこと〕。

おそらく二つのことが私を支えてくれたのだろう。一つは、一種の白昼夢の中で自分を別の世界に移すことができ、周囲を気にせずにすんだことであり、もう一つは捕虜になった早めの時点で『ファウスト』の一部を暗記し、毎朝ひとりでそれを唱えていたことである。

むろん、この時期は身にこたえた。その後、ようやくこの拘禁から解放され、通常の収容所コミュニティに戻ることが許されると、仲間の一人がこう言うのが聞こえた。「クリスティアンゼンが帰ってきた。どうやら意識がはっきりしていないらしいがね！」

だが、私はそれを乗り切ったに違いない。その後、所外労働隊に戻され、一九四八年夏に収容所に短期異動した数日後、一軍曹に護送されながらモスクワに向かった。三段式寝台のあるソ連鉄道の車室で旅をするのは初の機会だった。私の上段には農民が一人寝ており、その長靴が鼻の前でブラブラしていたが、慣れてしまった。私に感じよく話しかけ、丁寧に振る舞った護送兵も、それに慣れるしかなかった。

モスクワ付近の収容所　一九四八年夏

今回、私が入れられた収容所は一種の模範的収容所であり、ロシアの状況からすれば、実際われわれには悪くないものだった。食事は十分にあり、収容施設はこれまでの経験からすると実に快適だった。広々としたバラックの中には二段ベッドが置かれ、机と椅子もあった！　これらが使えるのはほぼ三年ぶりだった。作業場では金銭を稼ぐことができた上、将校はジュネーヴ条約に基づいて俸給すらもらえた。演奏上手な収容所付きバンドがあったほか、食堂ではソ連映画が時おり上映された。

余談ながら、この食堂では一九四八年暮れのクリスマスイブに次のような光景が見られた。

食堂には被収容者全員がクリスマス集会のため呼ばれ、反ファシストの一人が「これをもってクリスマスを開催する」という言葉で演説を始め、マルクス・レーニン主義に関するいつもの長ったらしい講釈がそれに続き、「……最後に、次のクリスマスは家族の輪の中で過ごせることを諸君全員のために祈る！」という言葉で締めくくった。一瞬、その場が静まりかえったが、部屋の暗闇の中からこう大声が聞こえた。「なんと、家族もここに来るってことか？」。それが誰だったのか、ついぞ分からなかった。

郵便での連絡も、ここの方がましだった。われわれは手紙を書くことも受け取ることもできた。この非常に快適な生活は、レンガ製造工場に接続されている収容所分所に短期投入されたことで中断した。そこでの労働は非常にきつく、特にレンガ焼き窯の担当にさせられるとそうだったが、私の体はその間にもすこぶる丈夫になっており、さほど大したことはなかった。ところが、二カ月後に収容所主棟に呼び戻され、ＮＫＶＤによる尋問が再開された。ただし、そのやり方は馴染みのものではなかった。全てがとても穏やかで、丁寧に行なわれた。したがって不安になることはほとんどなく、しかも仕事場では極めて自由に行動できたので、なおさらだった。

「ブランデンブルク」師団のある隊員がそこで指導的立場に就いており、私に一つの職務を世話してくれた。建設現場の作業用具の責任者となり、自ら働かなくてすんだ。やることがあまりなかったし、邪魔されずに周辺を動き回ることができた。建設現場はモスクワの郊外数キロメートルの小村近くにあった。そこには売店の類が一軒あり、私は自ずと労働班のほかの仲間からそれなりのルーブルを持たされ、そこで買い物した。このことは収容所内ですぐに広まったため、私の買い物リストは長くなる一方だった。私はすぐにこの店主の上得意になった。

覚えている限りでは、「クナッタープリーム」〔訳注：「音を立てる噛みタバコ」が原義〕もこの収容所で作り出されたものだ。われわれが自ら稼いだカネでこの「料理」に必要な砂糖やバターといった食材を買い足すことができたことが、そう考える裏づけとなっている。作り方は簡単。とても柔らかいロシアの黒パンに砂糖水を混ぜ、何日か放っておけばそれで十分。こうすると、粥状になったものにアルコールがいくらか発生し、酔うほどではないにせよ、少なくともわずかにそのような味がした。この、みすぼらしいながらも美味な塊にさらに味付けするため、何層かに切り分け、それにバターを入れた。さほど味にうるさくないわれわれにとって、この料理には一つだけ欠点があった。そんな短所も喜んで引き受けたものではあったけれど、信じがたいほどの短時間に大量のガスが発生し、それが出口を探して最短の経路をたどる際に、かなりの騒音がするのである。その音がいたる所でしたものだ！

一九四九年の暮れが近づくにつれ、われわれのうちの何人かはおそらく解放されないだろうという噂がますます真実味を帯びてきた。私がその一人になり、収容所に残留せねばならないであろうことは、自

トラックに乗って仕事へ

分にも徐々に分かってきた。それにもかかわらず、一九四九年一一月、被収容者の大部分が呼ばれて帰国の途に就き、私のほか約二〇人が後に残らねばならなくなった日がついにやってきたときには、絶望もしたし、怒りもした。これからどうなるのか。これでも人生にはまだ意味があるというのか。

この日の晩、われわれ残留者は元将校用バラックの中に座り、楽しく会話でもしようとしたが、誰もそのそぶりすら見せようとしなかった。私がこの中で最年少であることは間違いなかった。雰囲気が良くならない一方、個々の名前が呼ばれ始めたのに続き、該当者は収容所の門に出頭するよう命ぜられ、そこでＮＫＶＤの兵士に連行された。

われわれの誰もが自分の番を待った。そのとき一人のソ連軍少佐が現れ、ドイツの対ソ攻撃について議論を始めようとした。私は投げやりな気分になっており、その少佐殿に全く予期せぬ答えをいくつかしてやった。率直な謝罪の言葉を聞いたと思ったのだろう、彼は何も言わずに消えていった。ほどなくして私の名が呼ばれた。膝が震えたが、それに気づかれまいと努めた。そしてあることが起きた。私はそれを忘れないだろう。

なぜなら、それは私にとって栄誉であったし、自分を再起させてくれた仕草でもあったからだ。残留者の一人に、多くの勲章を受けた降下猟兵の大佐がおり、その態度ゆえに皆から尊敬されていた。大佐はただ立ち上がり、私のわずかな所有物の入った鞄をつかんで門まで運んでくれ、一言も発せずに握手して私を送り出してくれたのである。

12 矯正労働二五年の有罪判決

モシャイスク付近の収容所　一九四九年一一月

私は囚人護送車に乗せられ、刑務所に転用されている収容所に入れられた。そこには将官や外交官から、果ては建設中隊の一等兵に至るまで、あらゆる人間が集められていた。

「ブランデンブルク」師団の隊員も数人いた。すぐに話し合いを始め、この状況にあるのが自分一人ではなくてほっとした〔原注：その後の成り行きについては、MVD文書館から入手した公開済み人物・懲罰ファイルのコピーから詳細を推測可能〕。「少尉殿」と、階級で呼ばれて行なわれた短い尋問以外、当初は何もなかったが、その後に驚くべきことが起きた。一一月初旬に収容所での収監が解かれ、客車に乗せられてモシャイスク〔原注：モスクワの西約一一〇キロメートルに位置する都市〕付近の収容所〔原注：おそらく第（七）四六五収容所〕に送り込まれたのである。ロシア人の収容所長からは何の説明もなかった。とはいえ、帰国が叶いそうだという希望が再び抱けた。ただし、この忌まわしいもやもや感は拭えなかった。

クリスマスが終わり、一九五〇年一月も過ぎたが、特筆すべきことは何も起きなかった。被収容者全員が「荷物を持って」点呼場に集まるよう命ぜられたのは、おそらく一九五〇年二月初めのことだったと思う。整列した約三〇〇人の囚人の中から二〇人が呼び出された。むろん私はまたもその中にいた。呼び出されなかった者たちが帰国していく一方、われわれは鉄道の囚人用貨車に積み込まれ、同じ日の晩にモスクワ第一刑務所に入れられた。

監房はいっぱいで、われわれの一部はいつも机の上で寝なければならなかった。いつものようにソ連当局側は時間をかけた。一九五〇年四月になってようやく有罪の言い渡しが続いた。しかし、その後は非常に迅速に進み、審理は長くても一〇分で終わった。それに続いて別の監房に移された。それもそのはず、われわれはもはや未決囚ではなく、有罪になった受刑者なのだから。

われわれは、有罪判決をむしろ冷静に受け止めた。少なくとも、比較的に若年のわれわれはそうだった。妻子ある既婚者を一部含む年長者にとっては、この状況を乗り越えることは当然はるかに厳しかった。

クラスノゴルスク収容所　一九五〇年五月

私と同じ監房にはザイス=インクヴァルト〔原注：一九三九年から四〇年までウィーンにおける国家地方長

機密
文書番号

判 決
ソ連邦の名において

1950年4月20日、アルハロフ法務少佐を議長とし、シュヴァロフ軍曹およびエルーリン1等兵を構成員とする内務省モスクワ管区部隊軍法会議は、書記ルンタショフ伍長同席のもと、傍聴人なしでモスクワにて開催された非公開会議において、
元ドイツ軍捕虜ユリウス・ヒンリヒ・クリスティアンゼン少尉
1924年ドイツ／キール出生、ヒトラーユーゲント隊員。同人に対し、ロシア・ソ連邦社会主義共和国刑法第17条および1943年4月19日ソ連邦最高ソビエト政令第1条に基づく犯罪行為のため、起訴を審理した結果、以下の事実を認定するものである。

被告人クリスティアンゼンは、1943年7月から1944年7月まで一時占領地となったソ連邦領土ヴィテプスク地区におり、ソ連パルチザンに対する討伐軍に参加した上、平和的ソ連住民の逮捕にも加担した。野戦憲兵に引き渡されたこれら住民の行方は判明していない。

上記の理由から、本軍事法廷は被告人クリスティアンゼンをロシア・ソ連邦社会主義共和国刑法第17条および1943年4月19日ソ連邦最高ソビエト政令第1条に基づく告訴により有罪と判定した。

ロシア・ソ連邦社会主義共和国刑法第319条および第320条に鑑み、以下の判決を下す：

被告人ユリウス・ヒンリヒ・クリスティアンゼンを、ロシア・ソ連邦社会主義共和国刑法第17条および死刑廃止に関する1943年4月19日ソ連邦最高ソビエト政令第1条に基づき、矯正労働収容所での25年間の服役刑に処する。
刑期は1949年12月29日から起算するものとする。
本判決に対しては、上記法廷が被告人に判決文の写しを交付した時点から72時間以内に内務省モスクワ管区部隊軍法会議に異議申立てを行なうことができる。

当該署名をもって有効性を認む
正確性の証明：議長

法務少佐　アルハロフ

官、一九四〇年から四五年五月まで「占領地オランダ国家弁務官」を務め、一九四六年にニュルンベルクで死刑判決を受け、処刑〕の息子がいた。彼も私と同様に「ブランデンブルク」師団の少尉だったので、すぐに話を始めた。彼は少し前にはまだ第二七／一収容所におり、そこで私の父にも会っていたことが分かった。彼が知る限り、父は「自動有罪判決機」〔監訳注：ソ連の司法を揶揄した表現〕に巻き込まれていなかったため、もしやすでに帰国の途に就いていることもあり得るのではないかという、一縷《いちる》の望みが芽生えた。

一九五〇年五月に、われわれが刑務所からまさにこの収容所に移送されたときの私の緊張たるや、いかばかりだったか。第二七／一収容所は、一九四九年までモスクワ近郊のクラスノゴルスク所在のいわゆる「将官用収容所」〔原注：第（七〇）二七収容所所属〕だった。われわれ捕虜がそうした名を付けたのは、そこが特に将官をはじめ、外交官や経済専門家、芸術家その他の著名人といった、KGBにとって関心のある人物が収容されている収容所の見本のようなものだったからである。ただし、そのためにここは「ルビャンカへの控え室」でもあり、内務省の直轄下に置かれていた。有罪判決後にわれわれがこの収容所に移送されたとき、ここの調度や食事は、われわれが知る労働収容所の平均をなおも上回っていた。

割り当てられた簡易ベッドを確保するや――この収容所には「棚住まいの者」はおらず、二段ベッドにはまともな藁布団とウールの毛布があった――さっそく調査に取りかかると、バラックの一つに年長の佐官たちが収容されているらしいということを知った。よし、とにかく行くぞ！

最初の部屋で住人の一人にこう訊いた。「クリスティアンゼン中佐という人がここにいるかどうか知りませんか？」。相手が答えを言う前に、部屋の片隅から聞き慣れた声が聞こえてきた。「はい、何だね？」。私の父だった。いくらか老いた上に痩せており、白髪も増えていたが、レベジャンの病院で最後に話した四年前より、はるかに健康そうで体調も良さそうに見えた。

このときのわれわれ二人の思いは筆舌《ひつぜつ》に尽くしがたい。再会できたこと、そしてこの数年間をよく耐えてきたことを互いに確認できたことが嬉しかった。互いに心配しあっていたのだ。その一方、父にとってショックだったのは、私が有罪判決を受けたと伝えたときだった。父が有名にして悪名高いルビャンカ〔原注：同名の広場にある建物の通称。一九二〇年から九一年までソ連秘密警察の本部、中央監獄および文書館として使われていた〕をはじめとする刑務所を転々としてきた経緯については、ここで触れないことにしよう。

父は正式には有罪判決を受けておらず、単に起訴状を受け取っていただけだった。だが、この状況はすぐに変わることとなった。

囚人クリスティアンゼンの初の写真（このメガネは特段の才のある仲間が実際に「鍛造」してくれたもの。今もこれを所有している）

モスクワにあるルビャンカ［原注：この建物は元ホテルだったことが分かる（写真は1940年から47年にかけての改築が始まる前の状態）］

父が収容所の門の衛所《えいしょ》に呼ばれたのは、われわれが収容所で再会してから四八時間しか経っていなかったと思う。わずか一〇分後に父は戻ってきた。労働収容所で二五年間服すよう、簡明直截に宣告されていたのである。われわれはこの状況をやけっぱち半分のユーモアで乗り切った。

その後の数週間と数カ月の間に、後にも先にも経験したことがないほど雑多な共同体がこの収容所に出来あがった。まずやってきたのは、ソ連軍の捕虜になっていた一人のドイツ人看護婦だった。何年間も女性を遠くからしか見てこなかった約一〇〇〇人の男が女性一人の存在にどう反応したか、部外者にはほとんど想像もできないだろう。収容所全体に一種独特の期待感が漂った。彼女が入れられている小さな家屋の前の道は、すぐに一張羅《いっちょうら》を着た散歩人が賑わう大通りと化した。彼らは、見たこともない、ただ話に聞いただけのこの奇跡の存在の気を引こうと、あるいはせめて一目見ようとした。むろん、私もその中にいた。ところが、カーテンの向こうには何の動きもなかった。

その後しばらくして、これ以上あり得ないほど種々雑多な集団が続々とこの収容所にやってきた。

親子が第27/1収容所で再会したときはこんな風采だった

妻子連れのドイツ人外交官は一九四五年まで北部イランに駐在していたが、終戦後にそこに進駐してきた赤軍に捕らえられていた。バルト諸国出身のドイツ系ユダヤ人も家族を連れていた。彼らは一九四一年夏にドイツ軍部隊がソ連に侵攻した際にNKVDによってカラガンダ〔原注：カザフスタンの大都市〕に移送され、これまでそこで一種の追放状態にあった。

長らく狭い部屋に一緒にいたため、家族関係が完全に乱れてしまい、どの女性とどの子が誰の妻子なのか、もはやさっぱり分からなくなってしまった。子供の中には、カラガンダで生まれ、五歳から一〇歳の頃に収容所の外で暮らしたことがない子も何人かいた。彼らはステップ地帯だけで育ったため、木を一本も見たことがなく、森というものが想像できなかった。そのことに気づいたのは、われわれの誰か（ほかならぬ父だったと思う）が、彼らに「森で迷子になった」へンゼルとグレーテルの童話を話して聞かせてやろうとしたときだった。森とは何かをこの子らに説明することは無理だった。彼らが育ったステップ地帯には木がなかったのであり、ましてや森などあろうはずもなかった。

彼ら以外に、ドイツ人女性と子供もいた。彼らはケーニヒスベルクが陥落した際に赤軍の手に落ち、破壊された都市から、ある中間収容所への、ドイツ人民間人による死の行進を生き延びたのである。そして、ソ連のさまざまな収容所から今やクラスノゴルスクにやってきたのだった。

ウクライナから来たドイツ系ロシア人は、多くが女性と子供だった。日本軍佐官の小集団もいたが、彼らと会話することはできなかった。彼らはドイツ語ができないし、こちらにも日本語ができる者は一人もいなかった。彼らと食堂で食事を共にするのも避けた。なにしろ日本では音を立てて食べたりゲップをしたりするのが食事の際の普通の習慣であり、彼らにはそれをやめるつもりがなかったからだ。

一九五〇年八月末頃、収容所の一部が鉄条網と警戒帯で分離され、科学者とその家族を主とするドイツの民間人抑留者で占められた。彼らとの接触を今まで以上に密にすることは、われわれにはできなかった。保安措置や、われわれに近づくことへのこれら人々の恐れ、叩き込まれた不安といったものは、あまりに大きかった。

私は何年も後になって、そのうちの二人とノヴォ=チェルカスクの刑務所でようやく知り合った。

共同生活も、この独特の混成集団に応じたものだった。食事は良く、われわれがじきに駆り出された労働もさほどきつくはなかったし、文化的生活がすぐに生み出され、著名な芸術家や科学者による講演があったり、合唱団が設立されたりしたほか、もちろん小さな楽団もあり、土曜日の晩にはダンス用に曲を演奏した。かくして、若くてきれいなユダヤ人女性が、戦争犯罪容疑で労働収容所での二五年の服役刑を宣告された若いＳＳ将校と、何の屈託もなく陽気に夢中で踊るという場面を見ることができたのである。

年長者はもう少し文化的だった。私の父は健康状態が芳しくなかったため収容所の外で働く必要がなく、収容所庭師に任命されており、午後にはブリッジをするため外交団の婦人たちのもとに行くのを常としていた。ちなみに、収容所庭師の地位には、軽労働ですむという利点以外にも、温室内の小屋を独り占めできるという長所もあった。私も片隅に身を置くことができたので、窮屈が当たり前の共同宿泊所からしばらく逃れることもできた。

有罪判決を受けたドイツ軍捕虜の中には、ケーニヒスベルク大学で国民経済学を教えていた元学部長兼教授がいた。父の提案で、私はこの学者のもとで父と共に経済学の勉強を始めた。講義は私の仕事が終わった夕方早くに行なわれた。われわれはバラック裏の、風の当たらないベンチに座り、私が先生の講義を理解しようとする一方、父はそれをノートに留めた。父は翌日中に講義内容をまとめてくれたので、私はそれをしっかりと覚えることができた。研究報告すらした！

収容所

収容所での変わった出来事として、われわれ捕虜の心を痛めた事件もあった。われわれの仕事は艀《はしけ》の荷下ろしが主だったが、これは収容所が川からさほど遠くない所にあるためだった。ある快晴の日曜日の午後、われわれが泥炭船《でいたんせん》の荷下ろしをさせられていると、一七歳から二〇歳ほどの男女の集団がカヌーで川を上ってきて、われわれの前を通り過ぎていくのが見えた。彼らは陽気でにぎやかで、楽しそうに話したり笑ったりしていたが、なんと嬉しいことに、言葉からして彼らがドイツ人であることは間違いなかった。だが、われわれが手を振って呼びかけると、向こうで急に歓声がやみ、全員がわれわれに背を向けて急いで前を通り過ぎ、十分離れたところでようやく陽気さを取り戻したのだった。この日のわれわれの気分はこれ以降、非常に落ち込み、激しい怒りもわいた。こうした気分はわれわれがまだ刑務所にいた一九五五年夏に、モスクワでドイツ代表サッカーチームが試合をしたときに再度味わった。しばらくして聞き出したところによると、あの若者たちはわれわれの所から遠くない光学工場で働いているツァイス=イエナのドイツ人技師の家族だった。

時おり、クリングバイルという名のソ連軍大尉が収容所に姿を現すことがあったが、彼は軽いザクセン訛のあるドイツ語を流暢に話し、そのことからマックス・ヘルツ〔原注：共産主義者のマックス・ヘルツは、一九二〇年にザクセンのフォクトラントで全国政府に対する武装蜂起を準備した。蜂起は鎮圧され、ホルツとその支持者は長期の懲役刑を言い渡された。一九三〇年に早期釈放されたのち、同志と共にソ連に移住した〕の元代理人だということがじきに判明した。彼は酒に酔うと自分の運命を嘆くことが多かった。自身はドイツには絶対に戻れないが、われわれには帰国の希望があるかもしれないという。

夏が終わり、それをもってクラスノゴルスク付近のこの奇妙な収容所でのわれわれの滞在も終わった。一〇月のある日、またも「荷物をまとめて積み込む」こととなり、鉄格子の付いたいつもの家畜車に乗って東に向かって出発した。どこに行くのか、誰にも分からなかった。確かなのは、祖国の方向に進んでいるのではないということだけだった。

収容所に残ったのは、有罪判決を受けていないドイツ軍捕虜だけだった。私が幸運だったのは、この輸送の際に無蓋車《むがいしゃ》、つまり鉄格子が付いていない上に鍵もかけられていない貨車に乗ったことだった。われわれは約二〇人おり、給養が主任務だった。私がそれに割り当てられたのは、父がいるため脱走のチャンスに付け込むことはないと判断されたからだろう。父の居場所を突き止めて以来、私はわれわれがどのあたりにいるかを父やほかの人にいつも伝えることができた。

霧が漂い、寒さが増す一方の天候の中、ウラル方向に一キロメートル進むごとに気分が沈んだ。今でもはっきり覚えているのは、夜明けに灰色がかった大河に架かる橋を越えたときのことだ。川の上には冷たい風にあおられた一片の霧が漂い、対岸は見えなかった。これはヴォルガ川だった。われわれは今や、二度と戻れない境界線を越えてしまったような不安感に襲われたのだった。

ペルヴォウラリスク収容所　一九五〇年一〇月

そのわずか二、三日後に、われわれはスヴェルドロフスク〔原注：現在のエカテリンブルク〕近郊にあるペルヴォウラリスク〔原注：現在はスヴェルドロフスク州の大都市〕という場所で降ろされた。宿所と食事はまずまずだった。われわれはもっとひどいものをとうに経験していた。とはいえ、とりわけ手紙が再び書けるようになったことと、ほぼ一年のあいだ途絶えていた故国との郵便物の往来が再開されたことで、不安が少しは軽くなった。

私の母に、父と私がある収容所で再び一緒になったことを知らしめるために——母は、クラスノゴルスクでわれわれが一緒にいたことをもちろん知り得なかった——われわれ父子の一人が住所を書き、もう一人が本文を書いた。

気分はおおむね最低であり、自殺に傾くようなこともあるにはあったが、あくまで気持ちとしてあるだけだった。実際、その後も自殺者が出たケースは一件しか知らない。陽気で気の利いた皮肉を言うことで全員から一目置かれていた若い海軍士官が、スパイとして知られていた捕虜を叩きのめした末に、工事現場でワイヤに首を吊って自殺したのである。そんなことは誰も予期していなかったので、われわれ全員が動揺し、愕然とした。

父は長引く体調不良のため労働を免除され、じきにまた収容所の病院に入れられた。心疾患だった。そうこうするうちに、父の有罪判決に対する抗告が——予想どおり——却下されていたことも知らされた。そうしたあらゆることにもかかわらず、われわれ——つまり父と私——は、経済学に関する自分たちの、というよりも私の勉強を続けた。父はこの学問でかつて博士号を取得していたので、再び知識をかき集め、私が夕方に仕事から帰ってくる頃には講義を準備しており、私と共にその内容を議論したものだった。

収容所の門

一九五〇年のクリスマスは特に記憶に残っている。それが父と共に過ごすことが許された最後のクリスマスとなったから、というだけではない。ソ連の収容所当局は、みなで祝うことを禁じた上に、一二月二四日と二五日も通常の労働日とするよう命じた。しかし、われわれがどう応じるかは予期していなかった。望郷の念と反抗心、憤怒の入り混じった気分から、収容者全員が凍てつく冬の寒さの中、聖夜じゅう夜遅くまでクリスマス歌や民謡を大声で歌ったのである。遠くない村のロシア人や、当然のことながら衛兵にもそれが聞こえたことは間違いなく、彼らなりに考えるところがあったのだろう。それに効果がないことはなかった。というのも、翌日になって急にこう言われたからである。「今日は働く必要なし」

むろん、われわれはクリスマスイブには小屋の中をできるだけ暖かくしようとし、そのため作業場で木くずを集めておいた。もっとも、これを衛兵たちに隠し通すというわけにはいかず、われわれは収容所での点呼の際に入念に身体検査され、取り上げられた木は門の隣に投げ捨てられて徐々に大きな山となった。

一列五人が次々と前に出て、徹底的に調べられてから門を通って収容所の中に入ることが許された。それから、まずはわれわれにとって、次にわれわれを検査していた兵士にとって、信じがたい驚愕の事件が起きた。ある一列が検査され、門を通って進んでいくと、集められた木の山から一本の大きな薪が離れ、それが小型犬よろしく列の後ろを飛び跳ねていき、ちょうど収容所の中で消えたのである。謎が解けた。検査を予期していた仲間の一人が、持っていた木片を長くて細い針金でくるぶしに結んでいた。彼を検査した兵士はこの非常に細い針金に気づかず、木を針金もろとも山の上に投げ捨てていたのだった。

故国がどうなっているのか、われわれは何一つ知らなかったか、あるいは一九五〇年秋から届き始めたわずかな郵便物から断片的にそれを知るのみだった。今や佐官も将官も例外なく働かされた。収容者の大部分は大型パイプ工場の建設に投入された。そのほかにも、荷役作業や家屋の建設もあった。パイプ工場の大規模建設工事現場では、地中二メートルまで凍った地面に基礎となる杭をまずは打ち込む必要があった。そのため、金梃子――これ以外に作業用具はなかった――を、特設作業場でできるだけ高温に熱した。八時間かけて深さ二〇センチメートルの穴を一つかそこら掘ったら、収容所に帰る前に赤く燃える泥炭をその穴の中に入れ、その上を土でゆったりと覆った。翌朝には、難なく一〇センチメートルは掘れた。平均気温マイナス二五度での作業は、必ずしも楽しいものではなかった！

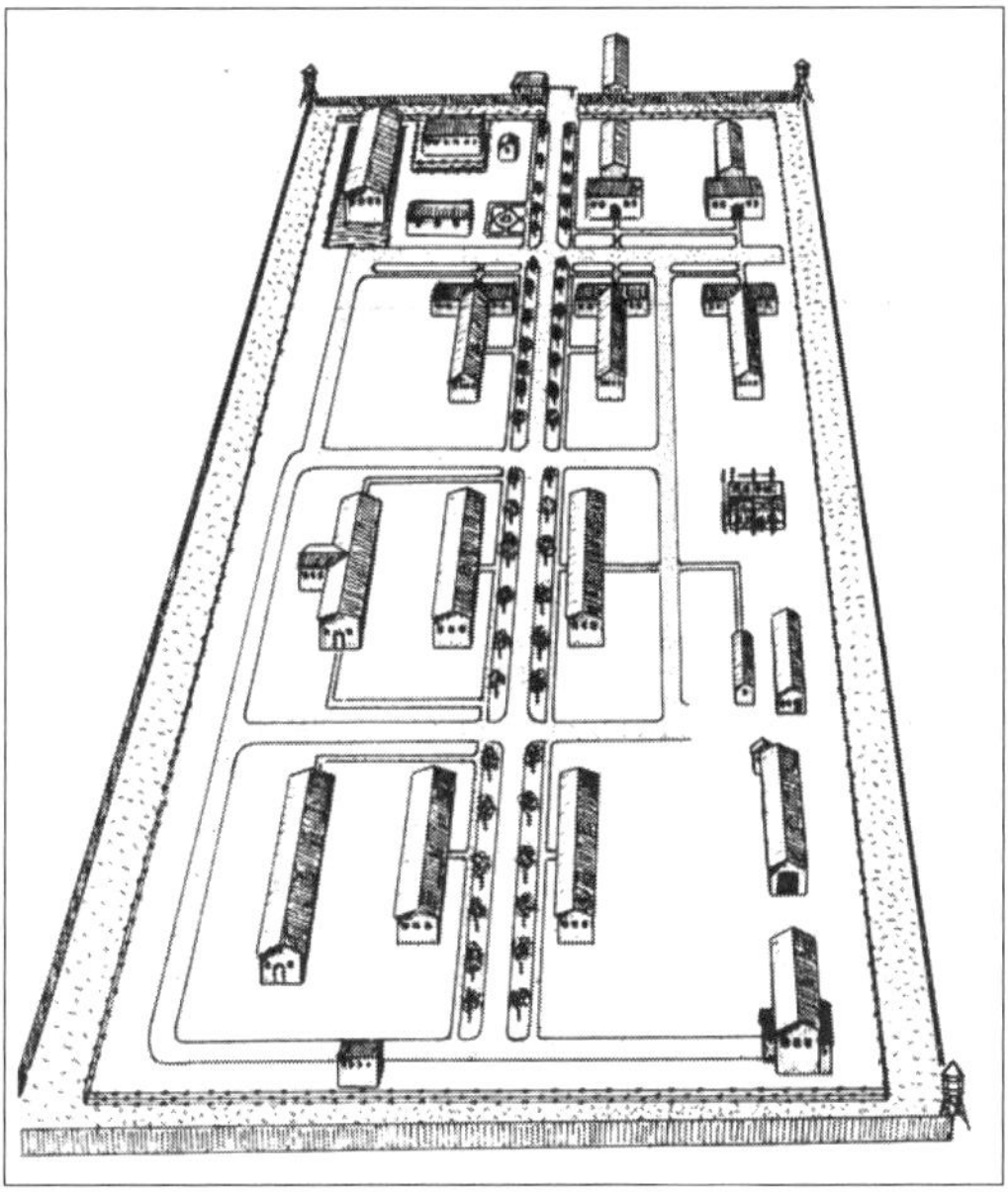

ペルヴォウラリスクの収容所

　確か一九五一年一月八日のことだったと思うが、労働から収容所に戻ってきた私は、体を洗ってから食事をし、自分の簡易ベッドの上で父と共に座った。二人であれこれと喋っていると、父が突然、これまで聞いたこともないような底知れぬ深いため息をついた。これを見た私は、数年前にある一時収容所で父が泣きだしそうになっていた光景を思い出した。私はびっくり仰天したが、父はすぐに大したことがないふりをし、話題を変えた。何かに感づいていたか、あるいは知っていたに違いない。というのも、私が翌晩にバラックに戻ると、父がその日の朝に収容所から連れ出され、私の予想どおり、またもモスクワに移送されたと知ったからである。

これ以上詳しいことは分からなかったが、母には暗号の形で父と私がもはや一緒にはいないことを伝えることができた。ずっと後になって知ったことだが、父はＫＧＢの刑務所、悪名高い「ルビャンカ」でさらなる尋問を受けるためモスクワに連行されたのである。

13 脱走の準備

冬から春になると気温も徐々に上がり、われわれの生活も非常にゆっくりと、少なくとも外見的、物質的には向上した。労働と給養事情は肉体的に影響がなかった。これまで耐えてきた者なら、健康なはずだった。そうこうするうちに国際赤十字も介入してきており、故国からの小包を受け取れるようにしてくれた。ただし、これが実際に動き始めるまでには、なおも数カ月かかった。

一方、別の問題も残っていた。狭い部屋での共同生活、先の見えないもやもや感、何をしでかすか分からない権力による生殺与奪、そして何より、強制的な性的禁欲がわれわれを苦しめた。私の場合、それに加えて父はどうなったかという疑問も頭から離れなかった。これに関するソ連収容所当局への質問は、回答がないままだった。

私の中で次第に鬱積《うっせき》していた怒りと絶望の入り混じった感情がますます強まったちょうどそのとき、戦友のローデリヒ・フォン・シェーナウ＝ヴェーアから脱走計画を持ちかけられた。われわれはレベジャンとリャザンの収容所で再会していたが、その後に離れ離れになっており――私はモスクワに移されたが、彼はリャザンに残留した――、クラスノゴルスクとペルヴォウラリスクでそれぞれ有罪判決を受けた後の、まずまず喜ばしい再会を祝っていた。

それゆえ決心がつき、大まかな方向性についてわれわれの意見が一致した。何とかして――たぶん徒歩で――カマ川〔原注：ヴォルガ川の支流で全長一八〇五キロメートル〕の原生林地帯に入り、盗んだボートでこの川を下ってヴォルガ川まで行くことにしたのである。とりあえずそこまで行ってしまえば、その同じボートで大河ヴォルガ川を漂いながらソ連国境近くまで下るのはさほど難しくないように思えた。それからどうすべきか、何も考えていなかった。

いま思うに、そもそもそんなに遠くまで行けるとは二人とも内心では思っていなかっただろう。むしろこの脱走計画そのものが、もう何年も続いている終わりの見えない奴隷生活に対する抗議だったのかもしれない。前述したように、大まかな流れについては計画ずみだった。今や次の問題は、警備厳重な収容所からどうやって抜け出すかだった。有刺鉄線が張られた収容所のフェンスや監視塔、警戒地帯、さらには犬の巡回を乗り越えるのは不可能に思えた。

したがって、残るは建設現場だけだった。その広さは少なくとも数千平方メートル以上あった。溝や土台、壁、部分的に完成した下水道とそれに付随して縦横に貫く排水溝により、常に姿が変わっていた。われわれ捕虜以外にも、少なくとも同じ数ほどの民間人が働いていたにもかかわらず、ソ連のあらゆる建設現場と同様、ここも周囲が高い木柵で囲まれていた。例の監視塔もあった。そこには、早朝にわれわれを収容所から作業場に連れてきた衛兵が配置されていた。夕方になると、その同じ衛兵がわれわれを収容所へと連れ帰った。つまり、建設現場は夜間は監視されていないということだ。

われわれはすでに何カ月もそこで作業していたので、当然のことながらこの敷地を知り尽くしているも同然であり、またもローデリヒがわれわれの目論見に合った場所を見つけ出してくれた。建設作業の途中では、設置ずみの基礎杭やパイプなどが、隣で行なわれている掘削《くっさく》のために土砂で埋まり、それによって地表からある程度見えなくなるということが当然しょっちゅう起きた。まさにそれが配管網の一部である排水溝で起きた。

この排水溝とそのすぐ周辺のいくらかには、土台掘削のために覆いがかけられており、その覆いの上には砂が山と積まれていた。このトリックはこういうことだった。まず、はるかに離れた場所にある鉄の覆いで守られた出入口を通って配管網の中に到達し、配管の中を数百メートル這って前述の排水溝から抜け出るのだが、その際もまだ地面より下に留まっているということだ。排水溝の縁と覆いの間には高さ二〇センチほどの隙間があった。その隙間を強引にくぐり抜けると、排水溝の隣の覆いによってできた小さな洞穴に行き着く。覆いの板に鼻を密着させながら、二人がやっと並んで寝ることができる。必ずしも快適な寝床ではなかったが、われわれの目的には理想的だった。そこならほとんど見つかりそうもないと踏んで、それをもとに計画を練った。作業時間が終わる直前に隠れ場所に

５人１列になっての人数確認

忍び込もうとした。

労働縦隊は出発前に必ず護送兵から員数点呼を受けるので、われわれがいなければすぐにそれが発覚し、即座に捜索が始まることだろう。われわれの読みでは、衛兵は夜になった途端に引き上げるのではなく、われわれが見つからずに別の場所で捜索した後、二日目か三日目の夜になってようやく引き上げるはずだった。そこでわれわれは、この洞穴の中に二昼夜とどまってから、三日目の夜に夜間シフトの民間人労働者と共に建設現場を出ようとした。

一つだけまだ頭痛の種があった。前述したように、配管網に入る入口の上には覆いが被さっており、われわれが入った後にそれを元の位置に戻すことは、自分たちにはできなかった。だが、それができなければ、この計略はすぐに露呈してしまうおそれがあるため、どうしても戻さねばならなかった。それをやってくれる誰かが必要であり、われわれの目論見を明かす必要もあった。そのためには絶対に信用できる仲間が是非とも必要だった。

何年にも及ぶ経験からすると、ＫＧＢが収容所内に張り巡らせたスパイ網に糸口を与えないようにするには、われわれの計画を知っている人物の数を最小限に留めねばならなかった。探すのに大して時間は要しなかった。収容所には、時期は違えどわれわれと同じ中隊にいたマックス・ロゼルトがおり、彼が信用に足る上に律儀であることは、戦争中のあらゆる作戦行動からも分かっていた。手助けを求めると、すぐに承諾してくれた（ようやく何年か経ってからわれわれが知ったところによると、われわれが脱走した後、しばらくしてから彼は収容所の営倉に入れられた。われわれの手助けをしたと責められたのである。しかし何も証明できなかったので釈放された。彼は営倉生活を冷静に耐えた。もちろん、のちに嬉しい再会を果たした際には、私がシュナップスを何杯かおごってやらねばならなかった）。

今や進行手順がはっきりしたので、残りの準備をできるだけ早く終わらせるよう急いだ。ウラルの夏は長くなく、寒い時季は避けたかった。洞穴のむき出しの土の上でずっと寝ずにすむよう、いちばん下にグラスウールを、その上にタール紙を敷いてクッションにした。「坑内」で長時間すごし、数日にわたって逃走するための食料として、オート麦フレークや乾燥パン、脂肪を集めて貯蔵する必要があった。

予想される寒さと湿気によって発熱した場合に備えて、収容所の忘れがたきドイツ人医師シェンク先生から、粉薬を何服か入手した。それ以上は彼自身も持っていなかった。思うに、先生はわれわれの企みにうすうす感づいていたに違いない。というのも、われわれが病気でないことにすぐに気づいたにもかかわらず、気をつけるようにと言葉をかけてくれたからである。

かがり針を一本調達して磁化し、よじられていない糸に吊るしてコンパスとして使えるようにした。最大の問題の一つは、ある程度の耐久性がある靴を手に入れることだった。古くなった長靴とそれほど履き古されていない靴を収容所の被服庫で交換できたものの、これも靴底が木釘で固定されているにすぎず、変えようがなかった。まさにこうした状況が将来のわれわれにとって命取りになるのだった。そう、そしてその日がやってきた。準備万端が整い、実行可能となったのである。

14 脱走

　正確な日付はもう分からないが、それは夏の暖かい月曜日のことだった。その日の朝、われわれはいつものように収容所から建設現場に向かった。特に興奮していたとは記憶していない。似たような状況は軍人としてすでに何度も経験してきた。この仕事日もいつもと同じように過ぎていった。

　われわれは目立たないよう努力した。土壇場になって発覚しないよう、われわれの洞穴自体に行くのももうやめた。打ち合わせどおり、われわれ三人は終業直前に配管の入口で顔を合わせた。気分の高揚もなく、事は進んだ。あたりを見回し、覆いを持ち上げ、中に入り、覆いを被せてもらい、そして姿をくらました。

　マックスは、犬が嗅ぎつけられないように入口の周りにベンジンをいくらか散布してくれた。われわれは管を通り、隠れ場所に素早く移動した。地表からいなくなってから数分後には「くつろいだ」、つまり暗闇の中で互いに密着して横になった。今やわれわれの頭上で始まったはずの大騒動については何も気づかなかった。われわれが下にいた間じゅう、そうした状態が続いた。

昼夜の違いは作業音が小さくなることでしか判別できなかった。一度だけ肝をつぶしたことがあった。配管網を這って探している兵士の声が急に聞こえたのだ。しかし、緊張は長くは続かなかった。声がどんどん遠ざかっていったので平静を取り戻した。時はゆっくりながらも着実に過ぎていった。われわれはたっぷり睡眠をとり、夢を見、話をしたので、第三者が思うよりもうまくこの難局を乗り切った。

ただし、想定外の問題が一つあり、それを片づけねばならなかった。人間というものは、われわれのように何時間も洞穴の中でほんのわずかしか食べないにせよ、そのうちのいくらかは必ずこの世界に還元せねばならない。自然はそうさせようとするし、容赦なくそれを押し通す。言わんとすることはこれで十分だろう。われわれはそれを克服した。

徐々に寒くなってきた。われわれは無感覚になっていたが、脱走予定日になっている三日目の夜が始まったときは嬉しかった。真夜中と思われる時間まで待ち、こわばった手足で管の中を戻った。出口に近づくほどに緊張が高まった。時間の計算が完全に間違っているおそれがある上、衛兵が本当に引き上げたかどうかも定かではなかった。

外によじ登ると、暖かい夏の夜の建設現場にはほとんど人がおらず、薄暗く照らされているだけだった。このときのわれわれの安堵感は想像できるだろう。わずか二、三人の大工が羽目板で作業していた。彼らは数百メートル向こうにおり、こちらのことを無視していた。

　われわれは慎重に、そして四方の安全を確認しながら、できるだけ速く出口を目指した。言い換えると、当初は思ったほどには速く進めなかった。長らく横になっていたために、平衡感覚が完全に麻痺してしまっていたのである。最初の数歩は酔っぱらいのようによろめきながら歩いた。前に見える出口にも人がいなかった。われわれ以外にも、何人かの黒い人影がそこに急いでいた。夜勤明けの労働者の流れに紛れ込もうというわれわれの目論見が当たったように思えた。

　監視塔を一瞥し——しめしめ誰もいない——、胸を高鳴らせながら、もう数歩すすんで外に出た。民間人労働者は誰もこちらに注意を払っていなかった。疲れており、家に帰りたがっていた。われわれだって同じだった。家路が少し遠いだけだ！

　路上数百メートルを同じ急ぎ足で同じ方向に向かった。ついに森が現れると、素早く方向転換して木々の

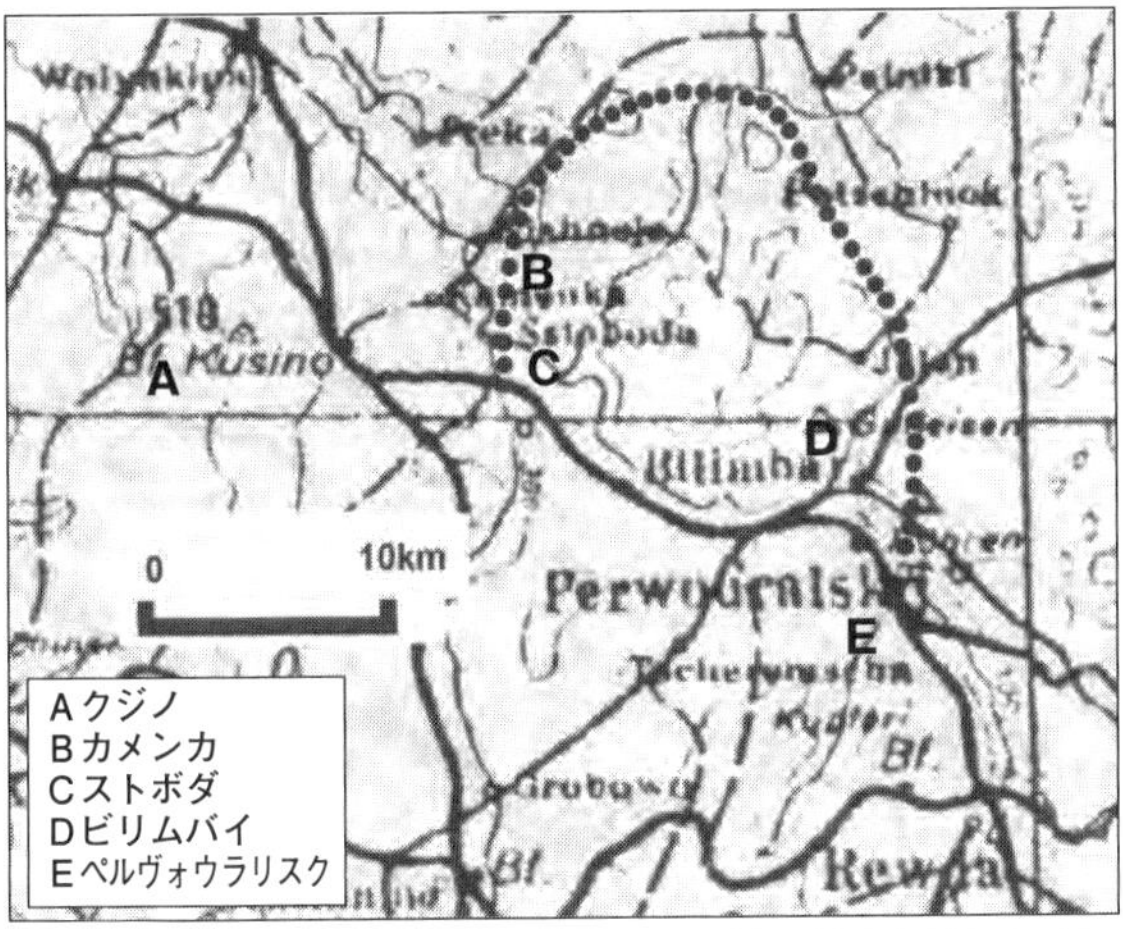

われわれの逃走経路の概略図〔訳注：点線が経路と思われる〕

間に姿をくらました。われわれの捜索はおそらく西の方で行なわれているだろうと推測し、まずは北に向かった。急ごしらえのコンパスと北極星が正確に道を案内してくれた。

それからの何昼夜かの成り行きについてはもうはっきり覚えていない。とはいえ、スナップ写真のように鮮明に目に浮かぶ状況はいくつかある。われわれは夜間から早朝まで歩き、日中は深い茂みの中や立ち入りがたい森の中に姿をくらました。確か、驚いて朝の眠りから目覚めたのは初日だったと思う。犬がひっきりなしに吠えているのと人の声が聞こえ、それが急速に近づいてきた。捜索隊に違いない！

慌ててわずかな荷物をまとめ、先を急いだ。だが、追手が後ろにぴたりと付いてくるのを阻止することはできなかった。間隔がどれだけ詰まっているかを確認することはできなかったが、とにかく一段と増す暑さの中で、無情にもわれわれを駆り立てるに十分な近さだった。そのため、行く手にあまり注意できなくなり、いつの間にか藪地の中に入り込んでしまった。そこには肩ほどまである草が生い茂り、アザミも混じっていて、きれいだった。

灼熱の太陽の下、この藪のおかげで道を切り開くのに苦労した。さらに不快なことに、蚊の大群と――もっと困ったことに――大きなダニに襲われた。通り抜けるまでに長時間かかり、辛かった。しかし、苦労は報われたようだった。追手からはもう何も聞こえてこなかった。おそらく、この厄介な障害物に尻込みしたのだろう。

とはいえ、行く手の安全を完全に確保すべく、ローデリヒが胡椒をいくらか――彼はあらゆることを想定していた――われわれの通り道にまいた。犬の鼻にはこれがかなり不快なのだという。ところで、あの当時、本当に犬連れの捜索班がわれわれの背後に迫っていたのか、あるいはわれわれが避けようとしていたのは無害の集団だったのか、ついぞ分からなかった。

素晴らしい時間もあった。天気も一役買い、幻想的な夏の夜になることも多々あった。日中に休み、夕暮れまで歩いた後は二、三時間歩いてから休憩を一回とった。木の幹に寄りかかったり柔らかい草の上に寝転がったりしながら、その日分のタバコあるいはパイプを吸ったり――蓄えがギリギリだったので節約する必要があった――、この地で夢を見たり、自由な状態を味わったりと、とにかく気分が良かった。楽しいこともあった。

われわれは夜じゅうほとんど休みなく歩きとおしていたので、わずかな朝食でも楽しみだったし、朝は冷えることもあって、一口の熱いお茶が格別だった。この飲み物は、ローデリヒがモミの若木の先端を見事に調理器具で煮て作ったものだ。一つまみの砂糖で素晴らしい味になった。自分の分をもらい、ゆったりした気分で地面に座ると、突如として自分の下で大きな鈍い音がした。音は大きくてはっきりしていたし、オートフレーク主体の食料から出たものでないことも説明がついた。とにかく――その音はやむことがなく――それが不自然に思えた。だが、こちらを怪訝そうに見ていたローデリヒがついに――私もほっとしたことに――正解にたどり着いた

私はマルハナバチの巣の上に座っており、そんな嫌がらせがハチたちには我慢ならなかったのだ。

この可愛い小動物は邪魔されると非常に攻撃的になり、痛みを伴う反撃をすることがあるため、慌てて朝食を別の場所に移した。
二、三日ほど北に向かった後、南に転進し、西に通じる鉄道線にたどり着こうとした。この鉄道はわれわれの計画上、カマ地区に到達するための大まかな拠り所となってくれるはずだった。鉄道が近くにあることも重要に思えた。というのも、靴がこれ以上もたないと気づかざるを得なかったからである。特に朝露で靴底の木製くさびが参ってしまった。それらは簡単に腐ってしまい、靴底は一キロメートル歩くたびに分解し始めた。したがって、靴が完全にバラバラになる前に何とかして貨物列車に乗り、それによってカマまでの距離を稼ぐことが急務であるように思えた。
南へ向かう途中、水が全くない一帯に入り込んだ。狐につつまれたようだった。川筋にぶつかったものの、夏の暑さで干上がっていた。われわれも徐々に喉がカラカラになった。二日間のうち、森の中で水たまりに出くわしたことが一度だけあったが、その水は数日間そこにあったに違いなかった。少し躊躇したが、思い悩むのをやめ、悪臭を発する腐りかけの水を飲んでみた。まずくて苦い味がしたが、喉の渇きは癒された。われわれの身に害はなかった。それからしばらくすると水が見つかったので、ようやく水筒を満たすことができた。

鉄道線に到達する少し前のある夜、われわれはある土地に行き着いた。その不気味さは今でも思い起こせるほどだが、描写することはなかなか難しい。それは干上がった湿原のようなものだったに違いない。地面はタールの残りかすのような真っ黒な色をしており、歩くたびにスポンジのようにへこんだ。小高い島のような場所には木々が立っており、落葉して退色した枝が天に伸びていた。この光景は月光によっていっそう不気味さを増していたが、それを際立たせたのは何といってもぞっとするような静寂だった。完全に無風で何も聞こえず、動く物もなかった。木の立っている島を迂回して進もうとしているうちに方向を見失い、おまけに月に暗雲がかかったために、急造コンパスの針が見えず、気分がかなり落ち込んだ。われわれを救ったのは、結局はソ連国鉄だった。

ロシアに一度でもいたことがあれば、外洋汽船の汽笛を思わせる機関車の鋭いサイレンのことを知っているだろう。いずれにせよ、その夜も一輌の陸蒸気《おかじょうき》が特徴的な音を短間隔で発しながら走っていた。何度も聞こえたわけではなかったが、われわれが正しい道に戻り、この薄気味悪い土地から抜け出るにはそれで十分だった。

翌日は午後遅くに出発し、夕暮れ時には鉄道線に到達した。ここで初めて民間のロシア人と接触した。線路は立ち入りがたい森林を林道のように貫いているため、簡易歩道として利用されていた。今はもう思い出せないが、われわれは何らかの理由でその線路を横断せねばならず、その際、家路にあると思しき一人の男と鉢合わせた。彼は、相当にだらしない恰好をした二つの人影と不意に対面したというのに驚いた様子がまるでなく、泰然自若としていた。

われわれは二言三言、親しげに言葉を交わしたが、それには限られたロシア語の知識でも十分だった。そしてタバコを一人一本ずつもらい、仲良く別れた。われわれ自身がこの振る舞いに驚いた。相手はこちらの服装と言葉から、自分の前にいるのが誰なのかに気づいたはずなのだから。

われわれはそれまで誰かに話しかけるのを極度に避けていた。相手がどう応じるか分からなかったからである。ロシア人はわれわれに友好的で、思いやり深く接してくれることさえあるのは、建設現場や過去数年の間に積んだ経験から知ってはいたものの、脱走した捕虜に対してもそうであるかどうかについては定かでなかった。しかし、われわれは今回の体験から、是非とも必要としていた勇気をもらった。食料――ただでさえかつかつ――は底をつき、嫌というほど空腹を感じた。今回の経験からすると、食べ物を恵んでもらえる可能性が高そうに思えた。

森の中の線路と平行に――今や西に――歩くと、ぽつんと立つ一軒家にすぐに出くわした。さっそく試してみよう。ロシアの典型的な農家の玄関ドアをいくぶん弱った膝で開けると、少し驚いた。このドアの向こうは――これも典型的だが――じかに大広間に続いており、寝ている人影でいっぱいになっていた。おそらく農業あるいは林業従事者の一団だろう。

こんにちはと言っても、寝ぼけたような返事しか返ってこなかった。奥の方では女性二人が何かごそごそやっていたが、ちょっと目を上げただけで、それ以上の注意はこちらに向けなかった。これ以外には何事もなかった。困ってしばらく突っ立ってから、こっそり逃げ出した。それでも、今回もうまくいったし、このまま続けようという気になった。

15 再逮捕

　そうこうしているうちにあたりは真っ暗になり、さらに一時間ほど進むと、わびしい路線巡回員詰所に着いた。静まりかえっており、不審な点は何も見当たらなかった。窓の一つから漏れる微かな光は、飢えたわれわれに飲食物を約束しているかに見えた。ドアの前でもじもじしながら立ち続けたが、湧き上がる不安を最後に押しのけたのは、ようやく胃袋にまともなものがいくらか入るという期待感だった。

　ノックもせずにドアを開けると、一組の男女に親切に迎えられた。男の方は制服からすると鉄道員のようだった。何か食べる物がないかと尋ねると、二人は人懐っこく笑いながら、もっと近寄るよう手招きした。われわれはそうした、というかそうしたかったが、意外にも部屋全体が人でいっぱいになっていた。彼らに襲われ、あっという間に両手を後ろ手に縛られて、隣室の箱の上に座らされた。

　周囲では若造の一群が不意打ちの成功を大声で楽しそうに祝っていた。ウォッカが一瓶回され、われわれを茶化す冗談が飛び、誰もがあらん限りの皮肉や意地悪な言葉を並べて、自分がいちばん気が利いていると示そうとしていた。われわれがほろ酔い気分の一人に殴られると、最高潮に達した。われわれにできることといったら、両ひざの間で顔を守り、パンチの連打に甘んじることくらいしかなかった。こうした境遇こそ、のちにわれわれが何日も何週間ももっと頻繁に直面させられることになるものだった。

そんなことがどれだけ続いたのか、むろん分からないが、いつしか飽き飽きしたのだろう、それも収まった。われわれは暗い部屋にぽつんと座り、どうなるかも分からぬ翌朝を待った。いいことがたくさんあることはなかろう。当然のことながら、外では祝いの騒ぎが続いていた。

一度だけ待ち時間が中断したことがあった。ドアが不意に開き、われわれを打ちのめしたあいつが入ってきた、というよりも、よろめきながらやってきた。ウォッカの瓶を振り上げ、よろめき迫ってきたときには、最悪の事態を考えた。われわれの前までくると、そこに立ったままうつろな目でこちらを見て、すすり泣きを始めた。そして一言も発することなくわれわれを抱きしめ、ウォッカ瓶から強烈な一口をわれわれ一人ずつに飲ませ、「かわいそうな連中だ」とか何とかつぶやいたかと思うと、また消えていった。

夜が明けるか明けないうちに、詰所の周囲が賑やかになった。一台のトラックかジープが建物の前までやってくると、そこかしこから言い交わす声が聞こえた。簡潔な命令が下され、われわれの部屋に徹夜明けで髭も剃っていない大佐が現れた。その襟章の色から、この大佐はＫＧＢの隷下部隊には属していないことが分かった。のちに分かったことだが、われわれは運が良かった。もし収容所の警備を所管する部隊の要員であったなら、われわれは今後数時間を生き残れなかったか、少なくとも激しい暴行に耐えることを覚悟せねばならなかっただろう。だが、この将校は冷静かつ適切に振る舞った。どうやら、われわれの脱走に関連して捜索に動員された歩兵部隊の所属のようだった。

大佐は脱走の経路について手短にわれわれに尋問した後、同行してきた若い少尉に後を任せ、またいなくなった。この若者も非常に友好的に振る舞った上に、われわれの立場を理解しているようだった。しばらく縄をほどいてくれた上に、茶を一杯もらえるように取り計らってくれた。その後、われわれは改めて両手を後ろ手に縛られたが、その際に使われたのは、前の夜の間にひどいミミズ腫れを起こした縄ではなく、この少尉が自分の鞄から取り出したガーゼの包帯だった。

その後、われわれはアスファルトで舗装された街道までの数百メートルを彼に連行された。そこでは互いに話もできないほど離れ離れにされ、道端に座らされた。そう、それからは来るべきものをまたも不安でいっぱいになりながら待った。いい日になることはなかろう。日が高く上ると暖かくなって気持ちが良かった。確か、自分は眠り込んでしまったと思う。いずれにせよ、近くにトラック一台が急に止まり、何人かの兵士が飛び降りたのには驚いた。われわれは起立させられ、顔を側溝に向けさせられた。またもきびきびといくつかの命令が発せられた。小銃に弾が込められた。むろん、われわれわれは今こそその瞬間がやってきたのだと思った。多かれ少なかれ、内心では常に想定していたことだ。今これから撃たれ、全てが終わるのだ、と。のちの公式報告には「……逃走中に射殺」と書かれているることだろう。

似たような状況を描いた小説や物語の中では、こうした瞬間には多くのことが頭をよぎると書かれているのを読んだことがあるだろう。そうかもしれないが、私の頭の中にあったのは、途方もない怒りと反抗心、「ここで屈してなるものか」という意志だけだった。そしてあらん限りの大声で「ドイツ万歳！」と怒鳴った。だが、覚悟した最期がやってくる代わりに、背中を軽くつつかれた。それに続いて「両手を縛られたままトラックに乗る」ことになったが、これは後日もっと頻繁に練習することになるものだった。

われわれは片足を後輪の上に置かされ、狙いの正確な足蹴りを尻に受けると、トラックの側面板を越えて荷台に飛び乗った。何度か練習すると、顔から落ちないようにできるし、肩越しに転がるのを防ぐことができるようになるものだ。この初回はまだあまりうまくいかなかった。いずれにせよ、私はまだ良かった。というのも、とっさに身をかわすことができなかったローデリヒの上に落ちたからだ。

われわれがいくらか元気を取り戻すやトラックが走り出し、わずか三時間後には脱走の出発点となった建設現場に戻された。そこには、それ相応に迎えるべく大勢がすでに集まっていた。その多くは建設現場で働いていた民間人の男女だった。その向こうには若干の戦友、さらには収容所警備隊の衛兵もいた。われわれは非常に荒っぽく荷台から降ろされ、トラックの後ろの地面の上に座らされた。そうするかしないうちに、数人の兵士もこちらに突進してきた。彼らには殴る蹴るの扱いを受けた。党への忠誠心を特に示そうとしたのか、数人の労働者もこの種の歓迎に加わった。

われわれはさらなる暴行を逃れるため、トラックの下に転がり込んだ。しばらく横になっていると、足をつかまれて引っ張り出され、立たされた。擦り傷だらけにされ、汚され、服もボロボロにされた状態で、見せしめのためだろう、建設現場を経由して連行された。いずれにせよ、私はくたくたに疲れ切っており、両足で立っていることもままならなかった。それゆえ、今や馴染みの方法でトラックに「乗り込み」、収容所に向かったときは、喜びに近いものを覚えた。少なくとも、われわれに対するこんな待遇の中でも少しは一息つけたからだ！　ローデリヒも同じだったことだろう。

むろん、収容所での出迎えも建設現場でのそれと似た、心のこもったものになるはずと踏んでおく必要があった。しかし、とんでもない日になりかねなかったこの日、ともかくも第二の希望の光があった。第一の光明は、少なくとも自分にはすでにあったのであり、それは建設現場で両手を縛られたままトラックの後ろの地面に座り、殴打をじっと我慢したときのことだった。人間というものは、虐待され、辱められるこうした状況、つまり自分を守ることができず、次の一撃を恐れおののきながら待っている状況に置かれると、人間性をほんのわずかでも示されるといたく感じ入ってしまうものだ。一人の女性が投げかけてくれた哀れみと励ましに満ちた眼差しを、私は今も忘れられずにいる。

今や収容所の門前に到着したわれわれは、今度は衛兵に護送あるいは接受され、またも相当なことに耐えねばならないであろうことは確実だった。トラックから降ろされて衛兵室に駆り立てられる間、脅しの眼差しや罵声、銃床による連打を浴び、今後数時間は人生で最高の時間とはならないだろうと結論づけた。

床に叩きつけられ、衛兵室の片隅に座った。むろん、両手は縛られたままだった上、われわれの眼前にいる怒り狂った兵士たちはいよいよその数を増した。私はこの瞬間、本当に最悪の事態、つまり殴り殺されるものと予想した。まさにこうした雰囲気の中で、収容所警備隊の将校が一人現れた。ハエ一匹殺せないような年長の大尉だった。人の良さそうな丸顔に威圧的な怒りの表情を浮かべるのにたいそう苦労しながら、こちらに近寄ってきた。その際、本気で怒ることなく犬を脅して追い払うかのように、地面を何度か踏み鳴らした。周囲の脅し、死ぬほどの不安、そして警備隊将校の振る舞いがあまりに対照的で、私は思わず吹き出しそうになってしまった。それと同時に、彼の行動に途方もない感謝の念を抱いた。彼がいるだけでわれわれは群衆に襲われるのを免れたのであり、何事もなく営倉に連行されたのである。

なぜ衛兵たちがわれわれにあれほど怒っていたのか、後になってようやく分かった。彼らはわれわれの脱走の責任をとらされ、毎日二時間の訓練、配給食の削減、タバコの剥奪、休暇の停止という処分を受けていたのである。今度はわれわれが罰を受けた。まずは二カ月にわたる営倉での飢えと凍え。各自が独房に入れられた。食事として与えられたのは、一日二〇〇グラムのパンとブリキ鉢一杯の茶だった。私は、特に危険かつ扱いにくい人物として見なされたため――なぜか知らないが、そう思われることが何度もあった――、最初の数週間は簡易ベッドもない独房に入れられ、硬いコンクリート床の上に座ったり寝たりせざるを得なかった。

特に親切な衛兵〔監訳注：むろんアイロニー〕の一人は、夜になるとバケツ一杯の水を床にまいてくれた。しかし、何とかして三個のブリキ鉢を「お茶飲み用」に独房の中に留めておくことができた。そのうちの一つを尻の下に、もう二つをそれぞれ肩の下に配置した。こうすることで、夜間は濡れた床に直接横にならずにすみ、多少は眠ることができた。とはいえ、この種の措置では長く耐えることができないとすぐに気づき、この忌々しい独房から出るためにあらゆることを試してやろうと決意した。

最初の試みは思ったようにはいかなかった。服を全て脱ぎ、寒さに耐えられなくなるまで冷たい床の上で横になった。私の目論見では、どのみち衰弱した自分の体調なら、この試練の後、うまいこと肺炎にならずとも、短時間で高熱を発症し、そうなれば収容所当局は、わが身を病院ならずとも少なくとも別の部屋に移してくれるはずだった。だが、これは絵に描いた餅だった。あれほど待ち焦がれた熱は出なかった。

ならば改めて別の方法で。われわれは毎日、新鮮な空気をいくらか吸うために三〇分ほど狭い中庭に連れていかれた。ある日、私はこの「散歩」の際に小さなガラス片を一つ見つけ、それをこっそり独房に持ち込むことができた。この小物を使って動脈に穴を開けようとした。当然うまくいかなかったが、血がいくらか出るには十分であり、お飾り用に自分の顔にもそれを塗りたくった。すると衛兵の一人がそれを見つけ、大きな人だかりができ、その二日後、ともかくも簡易ベッド付きの別の部屋に入れられた。これ以外の待遇、特に食事に関しては何ら変わりがなかった。われわれはそれぞれの独房でただ一人空腹に耐えた。空の胃袋があんなに大きな音を鳴らすとは思いもしなかった。

それでも一度、営倉内に忍び込むことができた仲間二人にパンをもらうことができた。人間はひどく弱った状態にあると特に千里眼になるようだ。夢なのか空腹による幻覚なのかはっきり区別できない半醒半睡《はんせいはんすい》のある夜、不意に父の目が見えた。悲しみの浮かんだ、射貫《いぬ》くような真剣な目つきだった。むろん、私はこの現象を解釈することはできなかったが、不安になった。この光景は、とっくに捕らわれの身でなくなった後にも私に付きまとった。父は私の逃亡劇について知らされていたのかどうか。それについては今日に至るも分からない。

スヴェルドロフスク刑務所　一九五一年一〇月

そうこうするうちに、NKVD当局者もこのままではいけないと気づいたようだった。NKVD将校からなる委員会が現れ、われわれの様子を調べた後、夜には釈放すると告げた。やれやれ、これで一安心だ！

ところが、その後は……何事もなかった。どんどん時が過ぎたが、待ちに待った解放はやってこなかった。われわれを解放するための人員は一人も現れなかった。翌晩は人生最悪の一晩となった。落胆と絶望と憤怒で独房のドアまで走ってそこに自分の頭を叩きつけてしまわぬよう、意志力と集中力を総動員せねばならなかった。

その二日後、ようやくわれわれ二人は独房を出ることができ、収容所の病院に移された。そこにいた非常に親切かつ愛想の良い、ドイツ語堪能なロシア人医師から、私の体重は五〇キログラムしかないと診断された。一四日間の回復期間を与えられた後の一九五一年一〇月五日、われわれはスヴェルドロフスクの刑務所に向かった。そこで離れ離れになり、別々の監房に移された。

ちなみに、この刑務所までの途中、有名な石碑の脇を通過した。これは、片面に「ヨーロッパ」、もう片面には「アジア」と彫られており、両大陸間の地理的境界線を定めるものである。

夜遅くに通常の収容手続きが終わってから監房のドアが開き、煙の充満した薄明りの中から信用に足るわけでもない人物に、興味津々というよりも不審に満ちた目で見つめられるのは、実に不愉快なものだ。当然、その収容者たちは私がドイツ人であることに気づいており、一人の大男がこちらに向かってきて、ドスのきいた口調で――自分にはそう思えた――お前は共産主義者かファシストかと訊いてきたときにはすっかり怖気づいてしまった。またも自暴自棄になる状況であり、返答もそれなりになった。私はこう返事した。「もちろんファシストだ。それとも俺が忌々しい共産主義者だとでも思うのか」

皆が爆笑すると、この巨人はでかしたと言いたげに私の肩をポンと叩き、この監房にいた間、私の用心棒のようなものになってくれた。彼はソ連陸軍の元大尉であり、おそらく同じ戦区でかつて対峙したことがあったためだろう、私の面倒をみてやらねばならないと感じていた。腕力があるため、当然のことながらこの部屋のボスだった。まもなく私は彼を必要とすることになった。

私はどうにかして一〇ルーブル紙幣をこっそり持ち込むことに成功していた。二日後、夜の間にそれが盗まれたに違いないと気づいた。新たに獲得した友人にこのことを話すと、彼は怒って即座に対応した。ドスのきいた大声で、皆にこう告げた。「ドイツ人の友人がカネを盗まれたと言っている。ロシア人にとっての恥だからカネを返せと犯人に言いたいそうだ」。誰も名乗りを上げないでいると、あらゆる手を使って部屋中を徹底的に捜索した末に私のカネを見つけ、犯人をこっぴどく叩きのめしてやると脅した。結局、そういう事態にはならず、該当者は直ちに別の監房に移された。この際に教わったところによると、これはソ連の監獄では衛兵がよく使う手で、それによって殺人や殺害を防ぐのだということだった。

これ以外にも、その後の二カ月間は私にとって非常にためになった。ロシア語の知識が急速に向上した上、多種多様な人々と知り合いになった。私の簡易ベッドの隣には二人を殺害した強盗殺人犯がいた。彼はとても好感の持てる人懐っこい人間であり、二人の被害者のうちの一人が党の大物だったものだから、自分の犯行を呪っていた――残念ながら自分はそのことを知らなかったのであり、今は政治犯として有罪になることを心配しなければならない、と。

左の隣人は一〇歳のスリであり、折り紙付きの腕前をときどき披露して部屋を楽しませていた。元船員もおり、ハンブルクに一度行ったことがあり、レーパーバーン〔訳注：新宿歌舞伎町のような歓楽街〕のことも知っていた。私はしばらくして――とても奇妙に聞こえるかもしれないが――ここに慣れた。腹を減らす必要も働く必要もなかった上に、おもしろい仲間たちもいた。

16 二度目の有罪判決

一九五一年一一月二日、私に対する起訴が開始され、一一月二〇日にはいわゆる訴訟手続きが始まった。その際、ついに友人のローデリヒと再会した。手続きはいつもの型どおりに進行したが、今回はわれわれがたった今知り合ったばかりの「弁護士」が付くという違いがあった。彼は戦争で障碍者となった将校で、われわれを弁護するのに、この者たちはただ家に帰りたかっただけだとしか言えないことが分かっており、彼にとっては本件全体が明らかに気の進まないものだった。判決は明確だった。矯正労働収容所にまたも二五年間入ることになったのだ！〔原注：これについては以下も参照のこと：[2] HILGER, Andreas u.a. (Hrsg.): „Sowjetische Militärtribunale, Bd.1: Die Verurteilung deutscher Kriegsgefangener 1941 – 1953“; Köln u.a. 2001; S.129, Anmerkung 231〕

判　決

ソ連邦の名において

1951年11月20日

スヴェルドロフスク地域MGB部隊軍法会議は、エフドキモフ法務少佐を判士長とし、モセヴォイ民警少尉およびブラーギン民警軍曹ならびに書記としてフェドトフ中尉、検察代表としてティモシェンコ法務中佐を構成員とする

一審理において

スヴェルドロフスク市軍法会議の建物内にて非公開のもと、有罪判決を受けた以下の２名の戦争犯罪人に対する起訴を審理した。

ユリウス・ヒンリヒ・クリスティアンゼンは、1924年ドイツ／キール生、ドイツ国籍、「ヒトラーユーゲント」隊員、ギムナジウムに７学年在籍、1942年からドイツ陸軍に勤務、1945年に士官学校を卒業、少尉に任官して「ブランデンブルク師団」隊員となり、1945年５月にソ連陸軍に捕らえられ、1950年４月29日にモスクワ地区MVD部隊軍法会議により、ロシア・ソ連邦社会主義共和国刑法第17条および死刑廃止に関する1943年４月19日ソ連邦最高ソビエト幹部会政令第１条に基づき、矯正労働収容所での25年間の服役刑に処された。刑期は満了していない。

ローデリヒ・フリードリヒ・フォン・シェーナウ=ヴェーアは、1915年ドイツ／ホーエンツォレルン州ジグマリンゲン生、ドイツ国籍、1940年からNSDAP〔訳注：国民社会主義ドイツ労働者党〕党員、ギムナジウムに７学年在籍、1941年からドイツ陸軍、末期は「ブランデンブルク師団」にて勤務、中隊長の地位、少尉の階級を有しており、1950年５月20日、モスクワ地区MVD部隊軍法会議により、ロシア・ソ連邦社会主義共和国刑法第17条および死刑廃止に関する1943年４月19日ソ連邦最高ソビエト幹部会政令第１条に基づき、矯正労働収容所での25年間の服役刑に処された。刑期は満了していない。

両名は、ロシア・ソ連邦社会主義共和国刑法第58条第14項に該当する罪を犯した。

本軍法会議は

クリスティアンゼンおよびフォン・シェーナウ=ヴェーアの両名が、ドイツ軍部隊によるソ連邦領域の占領中に平和的ソ連人民に対する罪を犯したかどで労働収容所での25年の服役刑に処せられ、1951年７月16日まで第

476収容所にて服役したことを確認した。両名はさらなる服役を望まなかったため、事前の申し合わせにより、トルコ経由で故国ドイツに到達せんとし、1951年7月16日に収容所から逃走した。しかし両名は、1951年7月25日にスヴェルドロフスク鉄道の「ソルダツカヤ」駅にて収容所警備隊に逮捕され、収容所に連れ戻された。

クリスティアンゼンおよびフォン・シェーナウ=ヴェーアの両被告人は、予審においても軍法会議においても有罪を認めたものの、モスクワ地区軍法会議による労働収容所での服役25年の判決が合法的ではないと考え、それゆえ収容所からの脱走を決意し、刑期を全うする意志もないとしている。しかし、両名の訴えはいささかも傾聴に値しない。目下の実情に鑑み、本軍法会議は

被告人クリスティアンゼンおよびフォン・シェーナウ=ヴェーアに対し、

拘置からの共同逃亡、すなわちロシア・ソ連邦社会主義共和国法典第319条および320条から派生するロシア・ソ連邦社会主義共和国刑法第58条第14項に基づく罪により、有罪を宣告した。

判　決

ヒンリヒ・ユリウス・クリスティアンゼンおよびローデリヒ・フリードリヒ・フォン・シェーナウ=ヴェーアの両名に対し、
死刑廃止に関する1947年5月26日ソ連邦最高ソビエト幹部会政令第2条の適用によるロシア・ソ連邦社会主義共和国刑法第58条第14項に従い、労働収容所での25年間の服役刑および財産の没収を言い渡す。モスクワ地区軍法会議による判決

すなわち、クリスティアンゼンに対する1950年4月29日の判決、およびフォン・シェーナウ=ヴェーアに対する1950年5月20日の判決に基づく非服役期間については、本判決をもって取り消す。

したがって、服役期間は1951年10月16日から改めて開始する。

クリスティアンゼンおよびフォン・シェーナウ=ヴェーア両被告人が審判から逃れるのを防止するため、本判決が法的に確定するまで従前どおり両名を拘置する。

デグチャルカの収容所　一九五一年一一月

われわれはさして動揺せず、それよりも一緒になったことや、一つの収容所でドイツ人仲間と再び苦労を共にすることの方が嬉しかった。いわゆる「ブンカー収容所」（収容者は地下退避壕に入れられていた）に短期収監された後、デグチャルカ近郊の収容所（原注：第四七六収容所）に向かった。引き渡される際、ローデリヒも私もあることに驚かされた。故郷からの小包を手渡され、その中には久しく見ていなかった食品が入っていた上、意外にもチョコレートとタバコまで同封されていた。この神の恵みはどこからやってきたのだろう。実は、われわれが脱走してからこの収容所に引き渡されるまでの間に赤十字が介入し、われわれ捕虜に、通例となっている月一度の葉書以外に、食品入りの小包が量的制限なしで届けられるよう取り計らってくれていたのである。われわれはこれについては当然のことながら知らなかったので、喜びが倍になった。

デグチャルカの収容所

だが、それ以上告げられずに小包をいくつか手渡されると、喜びも萎えてしまった。それらは父宛てのものだった。私は最悪の事態を案じたが、調べても詳細は何も分からなかった。母は、何カ月も便りがなかった私から今ようやく手紙を受け取ることができたのであり、かれこれ一年間、父の消息について何も聞かされていなかったのだった。母にとっては大変な時期だったに違いない。われわれはじきに、悲しい確信をより強く持つことになった。

デグチャルカの収容所は、いわゆる「特別管理」付きのものだった。これはロシア語から取った名称であり、その意味するところは、収容所内外の厳重な警備、被収容者に対する収容所当局の厳格な懲罰措置――私はじきにこれに気づくことになる――そして「特段の危険分子」を集めた懲罰小隊の設立だった。

この懲罰小隊の構成は誠に興味深いものだった。いくつか名前を挙げてみよう。ヒトラーの長年の従者ハインツ・リンゲ〔原注：一九一三年三月二三日生、一九八〇年三月九日没。一九三五年から一九四五年までヒトラーに仕え、最終階級は親衛隊中佐〕、ヒトラー最後のSS副官オットー・ギュンシェ〔原注：一九一七年九月二四日生、二〇〇三年一〇月二日没。SS少佐兼ヒトラーの個人副官〕、ドイツ夜間戦闘機部隊の最後の指揮官ハーヨ・ヘルマン大佐、クルップ家のハラルド・フォン・ボーレン・ウント・ハルバッハ、コサック騎兵中隊の中隊長を務めたH・シュナイダーおよびS・フォン・デア・シューレンブルク、NKVD将校を毒殺しようとしたE・ブレッツ。のちにこれに、三五六機を撃墜するという最高の戦果を上げた戦闘機パイロットのエーリヒ・ハルトマン少佐と、スペイン「青師団」の将校若干数が加わった。ローデリヒと私がこの「危険分子」に加えられたことは言わずもがなである。その特質からすれば驚くに当たらない！

有罪となった戦争犯罪人の特性

ヒンリヒ・ユリウス・クリスティアンゼン、1924年ドイツ／キール生、ドイツ国籍、ドイツ市民、ギムナジウムに７年在籍、ヒトラーユーゲント隊員、少尉の階級にてドイツ陸軍の「ブランデンブルク」師団で勤務。

1951年11月20日、スヴェルドロフスク地区国家保安省部隊の軍法会議により、ロシア・ソ連邦社会主義共和国刑法第58条第14項に従い、集団脱走のため労働収容所での25年間の服役刑を宣告される。原判決は上記判決に合併される。

有罪判決を受けた戦争犯罪人ヒンリヒ・ユリウス・クリスティアンゼンは、1951年11月11日から第476収容所にいる。

収容所に収容中、同人は極めて消極的な面を見せた。故意に労働ノルマを満たさなかった。７月16日には、有罪判決を受けたフォン・シェーナウと共に作業対象から集団脱走し、そのためスヴェルドロフスク地区国家保安省部隊の軍法会議によって矯正労働収容所での服役を宣告された。

有罪判決を宣告された後、同人は協調性に欠く態度をとっており、集団行事にも参加していないが、収容所の秩序に反する行動はしていない。

われわれが収容所に着いてまだ間もない頃の一九五二年春のある日、前述のＨ・ヘルマンが仕事中にこちらにやってきたかと思うと、私を静かな片隅に引き連れ、手を握りながらこう言った。「残念だがね、クリスティアンゼン君、貴官の父上が去年の秋に亡くなったことを知らせねばならない」。それから一人の男を私に紹介してくれた。それは前夜にスヴェルドロフスク刑務所からこの懲罰小隊にやってきた男であり、私の名を聞いたことはあったものの、私の父の死をどうやって知らせればよいものか分からなかったので、私の仲間の何人かに相談していたのだった。そして、ヘルマン大佐がいちばん階級が上の将校としてそれを引き受けるべきと仲間内で決まったのだった（われわれがそのような状況、つまり捕虜になって七年経っても「貴官」と呼び合い、最上級将校であるか否かが一つの役割を演じていたことは、部外者からすれば滑稽ならずとも奇妙であろう。だが、私が思うに、こうした儀礼はわれわれにとってある種の拠り所にもなっていたのである）。

それはさておき、私に伝えられた知らせとそれがどこから来たかに話を戻そう。刑務所から出されてわれわれの収容所にやってきたその当人によると、同人は一九五一年一〇月にスヴェルドロフスクの一時刑務所におり、すでに重篤《じゅうとく》となっていたクリスティアンゼン中佐とそこで同房になったという。中佐はすでに一〇月九日から一〇日にかけての夜に意識不明の状態であり、刑務所の病院に運び込まれ、ロシア人司祭による申立てによると、同日夜のうちにそこで死亡したとのことだった。

父の訃報にどう反応したか、もう正確には覚えていない。実は、そのことはもう分かっていた。覚えているのはただ、黙々と仕事を再開し、苦労仲間も私のことをそっとしておいてくれたことだけである。だが、父の消息を長らく知らされていない上に、心配と不安で憔悴しきっている母にこのことをどう伝えればよいものか。

脱走したあげくに刑務所入りになったために私から手紙も届かなくなって絶望した母は、ソ連のべリヤ内相〔原注：ラヴレンチー・ベリヤ（ラヴレンチー・パヴロヴィッチ・ベリヤ、一八九九年三月一七日生、一九五三年一二月二三日没）、一九三八年からソ連秘密情報機関の長官〕経由でスターリンに請願書を宛てたものの、返答をもらったことは一度たりともなかった〔原注：請願書はユリウス・クリスティアンゼンの収容所・懲罰関連書類に関する著者の基礎資料中にある〕。

私は、次の手紙はフェルデンにいる親戚に書くことにした。検閲をすり抜け、しかも明確な知らせを伝えられる方法を考えてみた。そこでこう書いた。「みんながいつものようにフェルデンで夏の一時を一緒に過ごしているので、ようやくまた挨拶の手紙を送ることができます。数日前には母さんから手紙――四月付けのもの――をもらい、とても嬉しくなりました。ただ、ユルケおじさんが長旅に出て、もう戻らないという知らせには悲しくなりました。みんなの誰かがプレおばさんを訪ね、別離の悲しみを乗り越えられるようにしてもらえるといいのですが。僕自身は彼女に手紙を書くことはできません。そのことは理解してもらえると思います……」

即座に理解してもらえた。戦争から無事に帰還していた母のきょうだいが重苦しい気持ちでヴェスターラントに向かい、母に悲報を伝えた。母がのちに語ったところによると、きょうだいが急に現れたことで言葉を要しなかったとのことだった。母はすぐに全てを悟った。一年以上も知らせがなかったので、最悪の事態を覚悟していたのである。

むろん、私は父の死についてより詳しく、また公式の情報を得ようとした。一九五三年春、われわれ懲罰小隊が行なったストライキに関連して大がかりな尋問が行なわれた際にそのような機会があった。ストライキの動機はわりと些細なことだった。われわれは当時、収容所からさほど遠くない建設現場で働いており、そのため昼食は収容所に連れ戻されてからとった。何らかの理由で、おそらく歩哨長の機嫌が悪かったのだろうが、われわれはこの日、食事後すぐに連れ出された。切り詰められた休憩時間についてH・ヘルマンが不平を言うと、隊列からつまみ出され、営倉に閉じ込められた。そのため、われわれは建設現場へ出発するのを拒んだ。つまりストライキだ。

まずは収容所衛兵が全員配置に就き、犬をけしかけ始めると、われわれは確かに動き出しはしたものの、建設現場では指一本動かさなかった。収容所当局の反応は早かった。懲罰小隊は夕方に戻ってくると丸ごと営倉に入れられたが、当然のことながら、その営倉はこれだけ大勢用には作られていなかった。ゆえに、もろものの小さな部屋は大混雑となり、寝ることはおろか座ることも難しかった。食事は必ずしも十分ではなかった。翌日からの数日間、われわれは次々とある委員会に尋問された。われわれのストライキはＮＫＶＤをかなり警戒させたに違いない。というのも、前述の委員会は正真正銘の将軍に率いられており、多数の佐官が随行していたからである。ストライキに参加した理由を訊かれた私は、父の運命についての質問をもっと上層部に申し立てる機会を探していたからだと述べた。信じてもらえなかったためだろう、答えを受け取ることはなかった。

この時点まで懲罰小隊のメンバーはバラックの中にいたものの、それでも通常の収容所の枠内には収容されていた。尋問後、われわれは収容所に戻されたが、それはあまりに早く、しかも突然に変わった。いつものように、仕事が終わった後に収容所に入れられる代わりに、収容所の門で徹底的に身

デジャルカの収容所（模型）〔原注：解放後に元被収容者の1人が作ったもの〕

体検査をされ、手持ちのタバコや食料品、私物を没収されたあげく、木壁と有刺鉄線でほかの収容所から隔離された特別なバラックに連行されたのである。マットレスと毛布付きのベッド、洗濯場、用便用の大樽はあったが、ほかには何もなかった。

最初の数日はいくらか居心地が悪かったが、そのうち新たな状況に甘んじるようになった。ここでも同じ出来事があった。それは、初めて経験するものではない、再三再四にわたって私を魅了したものだった。少なくとも一定の教養ある人々のもとでは、こうした状況下では驚くほど早く対話の輪や討論グループができ、それが定期的なセミナーに発展することすらあった。

われわれの場合、たとえばリンゲとギュンシェは総統官邸での最後の数時間とヒトラーの死について語り、E・ハルトマンは戦闘機パイロットとしての経験を、さらに、第一次世界大戦後にドイツ空軍の創設に関連してソ連で飛行場を建設した人物は当時の

「クリスティアンスカヤ・モルダ」

経験を話したほか〔監訳注：両大戦間期に独ソ両軍は秘密軍事協力を実行していた。ドイツ軍は、これにもとづき、戦車や航空機など、ヴェルサイユ条約で保有を禁じられていた兵器の開発をソ連領内で行なっていた〕、オックスフォードで数学期を学んだH・V・ボーレン・ウント・ハルバッハは英語の授業をした。

　とはいえ、われわれの懲罰小隊には知的関心が大してない者もいた。彼らが懲罰小隊に行き着いたのは収容所の秩序に反する行動をしたためであり、中には、どんないかがわしい界隈に行ってても威勢を張れるような人物も何人かいた。いきさつはもう正確には覚えていないが、私はある晩、このグループに物語をかたり始めた。「ターザン」から始め、それについての記憶が足りなくなって材料切れになると、推理小説を考え出した。いずれにしても大成功を収め、私は人気者の「おはなし語り」になった。

　それと比べると、私はソ連収容所当局にはさほど人気がなかった。特に収容所長は私のことを好ましく思っていなかった。いずれにせよ、彼は「私の小生意気なニヤツキ笑い」にいつも腹を立てており、「クリスティアンスカヤ・モルダ」〔原注：モルダはロシア語で「口」〕のことを罵っていた。

建設現場での私の作業能率も、所長を感激させ得るほどのものではなかった。したがって、彼に言わせると、「労働単位一ボーイ〔監訳注：著者の名〕とは、マイナス二〇度の中でスコップを凍りつかせないための必要最小限の動作」だった。そもそも、本来的に体を動かすことに反対だったわけではなく、むしろその逆だった――しかし、とにかく動かしたくなかったのだ！　私はほかの誰よりも営倉にしょっちゅう入れられた上に、小包の受け取りを数週にわたって禁止されるという罰を受けたこともある。

もっとも、故国からのこうした送付物が多くなったのは一九五二年初頭からだった。赤十字だけでなく、ありとあらゆる組織や親類、友人が今や定期的に小包を送ってくれたため、われわれの栄養状態もかなり改善された。衣服も来たし、ようやくまともな靴も送られてきた。粉末コーヒーのように、今まで見たこともなく、どうすればいいのか分からないような代物もあった。われわれは何度か失敗して、ようやくそれが何だか分かった。

「大佐殿の二連発」の話も今ここで出すのが相応しいだろう。故国からわれわれに届く栄養満点の食品に加えて、ちょっとした珍味や特に焼菓子、粉ミルク、プディングの素もやってきた。その結果、日曜日の午後に仲間数人を「コーヒーに招き」、ドイツからのご馳走を食べながら楽しい数時間を共にすることが普通になった。収容所のコックは、現物の一割と引き換えにケーキを焼くか、コーヒーか茶を入れるか、あるいはこの場合のようにプディングを作ってやるとすでに表明していた。

由緒あるユグノーの家の出身で、とても親切な紳士に似つかわしい快い響きの名前を持つ大佐殿は――私が知る限り、彼はのちにドイツ連邦軍の将官になった――、内容豊富な小包を受け取っていたので、その中身を供し、友人数人とで、自分の誕生日を然るべく祝うことにした。それ用にと、キッチンで粉ミルクとバニラパウダー、干しブドウ、砂糖を手渡し、しばらくして、待ち望んだバニラプディングの入ったボウルをいくつか取りに戻った。むろん、まずは味見しようとしたが、キッチンで渡したのは粉ミルクではなく――それがどんなものか見たことがなかったので――粉石けんだと気づいて愕然とした。さて、どうしたものか。計画したはいいが、失敗したご馳走を客人に出すことはできなかった。さりとて、干しブドウや砂糖、バニラパウダーといったほかの貴重な材料をみすみす捨てるわけにもいかなかった。彼は実証ずみの捕虜ルールに基づいて行動した。つまり、「どんな味がしようとかまわん、重要なのはカロリーだ」。だから、死など恐れずに飲み込め！

二つ目のボウルに達すると、粉石けんの兆候が猛烈に現れ、苦労しながらも何とか収容所の便所にたどり着いた。その後の成り行きを追体験するには、そのような便所がどんな構造になっているかを知らねばならない。落とし穴の上には、ノコギリで相応の大きさの穴が開けられた単なる板が置かれており、スペースを節約するために、隣同士に座るだけでなく、背中合わせにも座るのである。既述のように、急の用便の場所に着いたら、ズボンを下ろし、最終位置に必要な姿勢をとるために身をかがめると、早くも一発目が発射され……後ろの人に命中した。礼儀正しくも、その災難にぎょっとした大佐殿が詫びようと右後方に身をひねった途端、二発目発射、左隣の人に命中……。

懲罰小隊への配属は、有罪判決を受けた期間ごとに変わった。一カ月しかいない者もいれば、数週間いる者もいた。中心メンバーは常に残留した。私もその中にいたことは特に言及する必要がなかろう。われわれは収容所のほかの仲間と連絡できなかったが、それを除けばまずまずだった。

一九五三年、何の予告もなしに突如としてわれわれの一部が釈放され、ドイツに向かった。いかなる観点から帰還者が決められたのかは、はっきりしないままだった。果報者の一人は、懲罰小隊の中でわれわれとずっと一緒だった人物である。その彼、ヘルゴラント出身のヘルゴ・トラップは、帰国後すぐに私の母を訪ね、私の生活状況を極めて詳細に知らせてくれた。

私の母と写真に収まるヘルゴ・トラップ

一九五四年という年は、あと二つの特別な出来事と結びついて私の記憶に残っている。サッカーのドイツ代表チームが世界一になったことである。この知らせがどのように収容所にもたらされ、われわれ懲罰小隊に知らされたかはもう覚えていない。いずれにせよ、われわれの歓喜はおそらく祖国でのそれに匹敵するほど大きかった。

一九五四年春頃から、懲罰小隊にはもはや新参者が来なくなり、次々と人が収容所を去っていった。懲罰小隊の宿所はどんどん空になり、たった一人が住むだけになった。それが私だった！ただし、この異常な状態が続いたのはわずか八日ほどで、その後に私も解放された。懲罰小隊はこれをもって実質的に解散した。

収容所には、私が少なくとも一年以上も会っていなかった仲間が本当に大勢いた。自分にとって目新しかったのは、選別されたと思しき小集団が不定期に呼び集められ、ソ連の報道から出たものではあり得ない情報を伝えられたことだった。ただし、情報源については厳重に沈黙を守るよう申し合わせがあった。

そのため、私が一年後にようやく知ったところでは、非常に有能な元情報将校（むろん「ブランデンブルク」隊員）が、入手可能な材料から受信機を密かに組み立てるのに成功しており、それによって「ボイス・オブ・アメリカ」〔監訳注：アメリカの共産圏向け宣伝放送〕を傍受することができたのだった。ソ連の収容所当局が、あらゆるスパイ・監視努力にもかかわらず、ついぞそれを嗅ぎつけられなかったことは、秘密保持の規律が守られたことを物語るものである。

17 ノヴォ=チェルカスクの刑務所へ

通常の収容所共同体に復帰する喜びは、長くは続かなかった。五月になると、親しくなったエーリヒ・ハルトマンなど数人と共にまたも営倉に入れられ、その翌日、われわれは態度が悪いため刑務所で一年間過ごすことになると告げられた〔原注：これについては以下も参照のこと：[2] HILGER, Andreas u.a. (Hrsg.): „Sowjetische Militärtribunale, Bd.1: Die Verurteilung deutscher Kriegsgefangener 1941 – 1953"; Köln u.a. 2001; S. 131, Anmerkung 237〕。

その刑務所はロストフ・ナ・ドヌー近郊のノヴォ=チェルカスク〔原注：モスクワの南方約一〇〇〇キロメートルに位置するロシア南部の工業都市〕にあり、「特に教化困難な捕虜」に対する収容施設としてわれわれに知られていた。

エーリヒ・ハルトマンはすでにそこで一年間、刑に服したことがあった。彼のおかげでわれわれは安心できた。少なくとも、公正な待遇を期待できた。われわれは仕事から帰ってきてすぐに営倉に送

（刑務所収監の根拠）

決　定

1954年８月26日　　　　　　　　　　　　　　　　　　スヴェルドロフスク

本職こと第476収容所長スコルニャコフ中佐は、以下の戦争犯罪人に関する提出書類を閲読した。

ヒンリヒ・ユリウス・クリスティアンゼン、1924年キール出生、ドイツ国籍を有するドイツ市民、ギムナジウム修了、少尉の階級にて旧ドイツ陸軍「ブランデンブルク」師団で勤務、モスクワ地区内務省部隊軍法会議により、ロシア・ソ連邦社会主義共和国刑法第17条および1943年４月19日ソ連邦最高ソビエト政令第一条に基づき有罪判決を受け、1951年９月20日にスヴェルドロフスク地区国家保安省部隊軍法会議により、ロシア・ソ連邦社会主義共和国刑法第58条第14項に従い、再び矯正労働収容所での25年の服役を宣告される

刑期満了日　1976年10月16日

個人記録文書　第4066号

クリスティアンゼンは、第476収容所において刑に服し、1951年７月16日に既決囚フォン・シェーナウ=ヴェーアと申し合わせて同収容所から逃走するも７月25日に再逮捕され、収容所に連れ戻され、二度目の刑事責任を問われた。その後、クリスティアンゼンは引き続き計画的に収容所の秩序に反する行動を取ったため、継続的に懲戒処分を受けた。

・1953年４月25日、同人は低劣なる労働意識のため、10日間の重営倉に処せられた。

・1953年５月９日、同人は脱走の意思表示と低劣なる労働意識のため、懲罰小隊に６カ月間編入された。

・1954年６月８日、同人は労働拒否のため再逮捕され、10日間の重営倉に処せられた。

・1954年８月９日、クリスティアンゼンは低劣なる労働意識のため、７日間の重営倉に処せられた。

・1954年８月15日、同人は収容所当局に対し、それなりの機会があれば再び脱走すると公言した。

収容所収監中の全期を通じ、クリスティアンゼンが国の労働ノルマを満たすことは一度たりともなかった。同人の1954年上半期の労働生産性は30％、同年７月は25％だった。

クリスティアンゼンに有効な策は尽き、しかも同人が引き続き計画的かつ粗暴極まりない形で収容所の秩序に反する行為をとっている事実に鑑みて、1950年12月21日ソ連邦内務省令第721号に従って以下を提案する。

有罪を宣告された戦争犯罪人ヒンリヒ・ユリウス・クリスティアンゼンを１年間、刑務所に収監し、移送されるまで同人をスヴェルドロフスク地区第１刑務所に収監する。

り込まれていたので、私物を収容所仲間にまとめてもらう必要があった。自分の小さな木製トランクを開けると、五〇ルーブルを見つけて大そう驚いた。仲間が集合していた。残念ながら、今やローデリヒと別々になった。彼はおとなしい性格で私よりも控え目であったため、さほど目立たなかったのだ。われわれはこの二年後にヴェスターラントで再会した。

スヴェルドロフスク刑務所　一九五四年八月

私はスヴェルドロフスク刑務所での仮収監を利用して、ここで亡くなったはずの父の死について公式情報を知ろうとした。刑務所当局に請願書を宛てたところ、しばらくして次のような回答を得た〔訳注：次ページ囲みケイ参照〕。

ノヴォ=チェルカスク刑務所　一九五四年八月

ノヴォ=チェルカスクに向かう囚人護送列車での旅は、約一四日間かかった――スヴェルドロフスクからモスクワ経由でロシア南部まで行くのはけっこうな距離〔訳注：直線距離でも約一七〇〇キロメートル〕である――が、途中の刑務所は誠に興味深いものだった。数日の汽車旅の後にこの種の刑務所に送り込まれる囚人は、温かい食事をとり、シラミを駆除され、温水で体を洗ったりシャワーを浴びたりできるほか、何昼夜かは再び簡易ベッドで体を伸ばすことができる（鉄道の「緑のミンナ」〔訳

ソ連邦　秘
スヴェルドロフスク地区内務省当局　作成番号1
刑務管理部（UMWD）

1954年9月18日
スヴェルドロフスク地区UMWD第1刑務所長宛
オスタペンコ中尉

戦争犯罪人として有罪判決を受け、第1刑務所に収監中のヒンリヒ・ユリウス・クリスティアンゼンに対し、同人からの1954年9月10日付け請願書への返答として、同人の父親ユリウス・カール・クリスティアンゼンが1951年に実際に死去し、第1収容所管理局の第476収容所の墓地に埋葬された旨を通知されたい。

さらに、ヒンリヒ・ユリウス・クリスティアンゼンに対し、同人は禁錮囚であり、自由その他の市民権を剥奪されているため、判決で決定した刑期を終えるまでは同人父の墓参りはできない旨を説明されたい。同人は、収容所秩序に対する違反行為をなしたため刑務所に移送され、同所にて拘置されている。

UMWD刑務管理部部長代理
スヴェルドロフスク地区　クドリャフツェフ大尉
1954年10月25日、本職の前で署名

注：「囚人護送車」」の中では、硬い木製寝台に座るしかないが）。

収容される大きな共同部屋には、ソ連邦のあらゆる地域から来た種々雑多な人間や悲運が短期間あつまっている。誰もが、どこから来てどこへなぜ行くかを、皆に話す。大声の会話の中で、ほとんど眠れやしない。われわれが出会った人々の中から数例を挙げてみよう。

●一九一九年に香港に移住したロシア人の子孫。彼らはソ連のプロパガンダ（「移住者あるいはその子供は、全員が罰せられることなく帰国を許可される」）を信じていたが、今やスパイ罪で起訴されていた。教育程度が非常に高く、ほとんどが技術や学問の職に就いており、英語を流暢に話し、ドイツ兵と出会ったことに驚いていた。
●ソ連の保護領化に抵抗した民族意識の高いウクライナ人。
●一九五三年六月の蜂起〔訳注：スターリン死後の東ベルリンで発生した民衆蜂起〕に参加したDDR〔訳注：ドイツ民主共和国＝東ドイツ〕のドイツ人数人。しかし、彼らはわれわれに対して極めて慎重な態度をとり、接触を避けた。

モスクワの中継刑務所で二日間ほど一つの監房に入れられると、ロシア人の一人がわれわれに、部屋の片隅にドイツ人がもう一人いると気づかせてくれた。どうやら見過ごしたらしい。さっそくそれを頼りに調べてみると、年配でほとんど盲ろう状態の、怯《おび》えて生きる気力もない小男が確かにいた。彼はオーストリア人のNSDAP党員だったため、赤軍の進駐後にシベリアのどこかの収容所に送り込まれていたということが分かった。今はそこから連れ出され、家に帰すと言われていたのだった。ところが彼はそれを信用しておらず、最悪の事態を恐れていた。

われわれは残り数日間で彼を元気づけて元どおりにしてやった。しばらくすると彼は本当に解放され、郷里のニーダーエスターライヒに向かい――エーリヒ・ハルトマンと私が彼のことを特に念入りに世話してやり、われわれの実家の住所を持たせたこともあって――われわれと出会ったことについて、エーリヒと私の母親に知らせてくれたのだった。彼の名はカール・ライトバウアーといった。一九六一年には、私と妻を彼の故郷へと遅い新婚旅行に招待してくれた。

ちなみに、われわれが元国防軍メンバーであることは、ほかの囚人仲間にもすぐに分かった。旧軍服の上着をまだ一部まとっていただけでなく、――他者と違って――頭を丸刈りにしていないのはわれわれだけだったからである。いずれにせよ、「ファシストの侵略者」に対する憎しみは何ら感じられず、むしろ敬意や尊敬の念が感じられた。別のロシア人囚人からこう言われたのは、何やら奇妙なものだった。「ドイツ人の将校とロシア人の兵隊だったら大変なことになったろうに！」

ノヴォ＝チェルカスク刑務所　一九五四年一一月

一九五四年一一月の初旬頃、われわれはロシア人の囚人多数と共にソ連鉄道の囚人護送列車でノヴォ＝チェルカスクに到着したが、その際もこれらロシア人囚人は厳重な監視のもと、刑務所までの搬送車に分乗させられるまで、両手を後ろ手にされたまま地面に座って待機させられていた。われわれ六～八人のドイツ人は立ったままでいることができたし、怒鳴りつけられることもなく、誰と同房になりたいか自由に選ぶこともできた。私はエーリヒ・ハルトマンと親しくなっていたこともあり、二人で同房になった。

この刑務所についてもう少し説明しておこう。われわれが後に気づいた限りでは、これは「特殊案件」用を想定したものだった。その特殊性ゆえ、この刑務所はモスクワのＮＫＶＤ委員会による管理を継続的に受けていた。おそらく、そのためにここでも物事が極めて穏当に進んだのだろう。われわれがまず気づいたのは、故国からわれわれ宛てに届いた小包が一つも紛失しないということだった。収容所で紛失が頻発したのは、政治将校が時々それをスパイの報酬としていたからだった。むろん、小包がわれわれに直接手渡されることはなかった。送られてきた小包は刑務所の一室でわれわれの立ち合いのもと開封・検査され、食品の一部は必要に応じて監房に持ち帰ることができたほか、残りは倉庫に運ばれ、およそ三日ごとにその倉庫から自分で取ってくることができた。

小包の開封と管理を担う衛兵は、見たこともない、あるいは自分では絶対に買うことができないような珍味を見て、少なからず驚くこともままあった。したがって、彼らが多少なりと買収されることがあっても何ら不思議ではなかった。たとえば——刑務所のルーティンに従って——監房は一週間に一度、二人の衛兵によって徹底的に検査された。

われわれの監房では、上辺だけの検査をした後に二人の兵隊のうちの一人が、監房の扉に開いた覗き穴の前に立ち、もう一人が「アメリカ産タバコ」をくれとせびり、その一本を味わい終わると、もう一人と交代するという具合だった。くれてやるのがチョコレート一かけらであっても、彼らはたいてい何の文句も言わなかった。

もちろん、これとは別の（責任感ある）刑務官もいたことは、一九五四年一一月二〇日付けの次の報告が証明している〔訳注：次ページ囲みケイ参照〕。

報告

本官はここに、43年４月19日〔訳注：原文ママ。「1950年４月29日」と思われる〕に服役25年の刑を宣告された囚人ヒンリヒ・ユリウス・クリスティアンゼンが４番廊下の第40監房にいることを報告する。同人はこれまで何度も本官にタバコ一本を勧めてきた。今晩、就寝時間だと命じると、同人は窓辺に行き、外に向かってドイツ語で何かを叫んだ。通報まで。

普通、ロシアにはマホルカ・タバコ〔原注：野生タバコ種のニコティアナ・ルスティカから生産されるロシア産タバコの種類〕しかなく、これは悪臭がするが、慣れることはできる。われわれの小包に入れられたタバコはそれとは別物で、香りも味も違った。においの違いにより、ほかのドイツ人がどの監房にいるか、刑務所の廊下で嗅ぎ分けられるようになった。

エーリヒと私は、約二カ月間の「二人だけの生活」が終わると別の共同房に移され、この刑務所に共にやってきた者や、ここに長らく収監されている者たちとの再会を祝った。私が思うに、世界中のどこの刑務所でも、受刑者というのは一種の情報伝達機構を構築しようとするものだろう。当然われわれもそうだったし、特にほかのドイツ人と接触しようとした。しばらくして、刑務所の庭に毎日出ているうちにそれもできるようになった。

これを理解するには、ソ連の刑務所では囚人が毎日一回、外気に三〇分ほど触れさせられることを知っておく必要がある。動ける範囲は二五〜三〇平方メートルで、高い壁に囲まれている。片隅には例の監視塔が立っており、そこから二人の兵士が多くの「外気房」を監視している。

ところで、われわれの中には速記に習熟した者がおり——平時は議会の速記官だった——、それをわれわれに教えてくれた。そこで思いついた。仮にわれわれ以外の者もこの字体を読むことができるのであれば、毎日の散歩の折にわれわれが動き回る庭の壁にメッセージを書いたらどうかと。衛兵にとって、われわれの知らせは判読不能な単なる鉛筆の殴り書きにすぎなかった。この考えは間違っていなかった。

最初の何人かがほかの捕虜と連絡をとると、監房が同じ廊下にあることもあり、すぐに情報のやり取りが活発にできるようになった。廊下が同じということは、つまり洗面所や便所が同じということだ。理解を促すために、ここでもちょっとしたヒントを出そう。

われわれは朝夕にそこに連れていかれた。監房の中には、大きいながらもバケツが一つしかなく、しかも小便用のものであり、大便は朝か晩のどちらかにしかできなかった。そのときに出せなければ、一二時間待たねばならなかった。そこで、小さな防水袋を作り、その中に手紙を入れ、糸で吊って全体を便所の内側に沈めた。むろん、返事が来るまでには時間がかかるが、それでも何とか連絡がありほかの監房に誰がいるか、すぐに正確に分かった。

駄目でもともとと思っていたのだが、たいそう驚いたことに、庭の壁経由で不意に知らせを受け取った。この方法で連絡を寄こしたのは二人のドイツ人で、どうやら郷里と連絡が全く取れないらしく、自分の名前とドイツでの住所を「壁に書く」から助けてほしいとわれわれに頼んできた。われわれが毎月出す葉書は検査されるにもかかわらず、検閲をくぐり抜け、その結果、この二人は突如として、まずは手紙を、のちには小包も受け取ったのだった。

彼らの話は、われわれが彼らと共に解放された折にようやく知った。二人は科学者であり、一九四九年に物理学者としてモスクワに連行され、ほかの科学者と共に、互いに分離された種々のグループを作りながら個々のプロジェクトに従事していた。彼らはじきに、そのプロジェクトは全体的にV2号を発展させたもの、あるいはそうなるはずのものだと気づいた。そしてそれ以上の仕事を拒み、警告を受けても拒み続けたため、刑務所の中に姿が消え、親族にもその行方が分からなくなったのだった。

ソ連当局は、われわれが仲介したコンタクトによって彼らのことを伏せておくことができなくなり、われわれともども帰国させたのである。「便所ポスト」経由で知ったところによると、この刑務所には、米ソの占領ゾーンを越境してソ連占領軍に逮捕されて有罪となったオーストリア出身の婦女子がいるらしかった。別の監房の囚人は、ノヴォ=チェルカスクにすでに三度収監されており、本人の弁によると、このグループとすでに一度接触することができた上に一人の娘と会い、自分の郷里の住所を教えることもできたという。ともかくも彼はそのように主張したが、われわれは全く真に受けなかった。

私はある日、書類を受け取りに来いと刑務所当局から呼び出された。ところでこの刑務所には明らかに、受刑者はいかなることがあっても互いに顔を合わせてはならないという規則があった。そのため、廊下には大スペースの戸棚のようなものが一定間隔で設置されていた。そうした鉢合わせの危険性がある場合は、相まみえることを許されない両者のうち、一方が急いで戸棚の中に短時間だけ押し込められた。今回は衛兵の一方が油断したのか、私は刑務所の暗くて人気のない通路で突然、幻と向かい合った。それは明るい夏服を着た婦人や娘の集団であり、互いに笑ったりドイツ語を話したりしていた。私は驚いて固まってしまった。こんな光景はもう何年も見ていなかったからだ。すぐに戸棚の中に姿を消したので、ほんの短い楽しみでしかなかった。

ともかくも、あの仲間が言ったことは本当だったのだ。しかも、この話にはロマンチックな続きがある。この人物が連絡を取ることができた娘は、一九五五年夏に解放されてからその人物の両親を訪ね、そこに滞在したのだった。というのも、彼女にはオーストリアにもう親戚がおらず、どこに行けばよいか分からなかったからである。そして、彼女の「刑務所の知人」がわれわれと共に解放されると、いっそう親密になり、少ししてから結婚したのだった。

私が受け取った書類の中に、父に関するものがあった。この刑務所の中では途中でかすめとられるようなことはないと見込めたので、この機会を利用して政府の最上層部に手紙を出した。なにしろ時間もたっぷりあった。その回答は次のようなものである〔訳注：次ページ囲みケイ参照〕。

ソ連邦　　　　　　　　　　　　　　　　　　　　　　　　　　　秘
内務省刑務管理部　　　　　　　　　　　　　　　　　　　作成番号１
1955年１月31日

ロストフ地区UMWD第３刑務所長宛
マクラコフ少佐

ロストフ地区、ノヴォチェルカスク

ここに、戦争犯罪人ヒンリヒ・ユリウス・クリスティアンゼン既決囚による、同人父親の死去に関する親族への通知および墓参の許可を求める申請書を返却する。申請人に対しては、服役中は墓参許可を与えられない旨通知されたい。

収容所で父親が死亡した旨を親族に通知する点に関し、同人父親の死亡地と死亡理由を符牒等で伝えることなく、葉書に死亡の旨を記すことを同人に許可されたい。

添付物：書状２通
ソ連邦内務省刑務管理部部長
クズネツォフ大佐

そう、その通知はもう必要なかった。とはいえ、自分がまたも刑務所にいることは母親に知らせた。月一回われわれに支給される葉書にはこう書いた。「ヴィリーおじさんの甥っ子がまたもスウェーデンのカーテンを手に入れたとは素晴らしいね！」〔訳注：「スウェーデンのカーテン」で「監獄の窓格子」を意味する慣用句〕。検閲官はこの表現に馴染みがなかったようだ。

一九五五年四月、私は三一歳の誕生日を祝った。郷里からいろいろ送ってもらったおかげで、同房仲間をコーヒーとケーキの席に招待できた上、エーリヒ・ハルトマンが作ってくれた誕生日カードに皆がサインしてくれて嬉しかった。これはめったにない文書かもしれない。

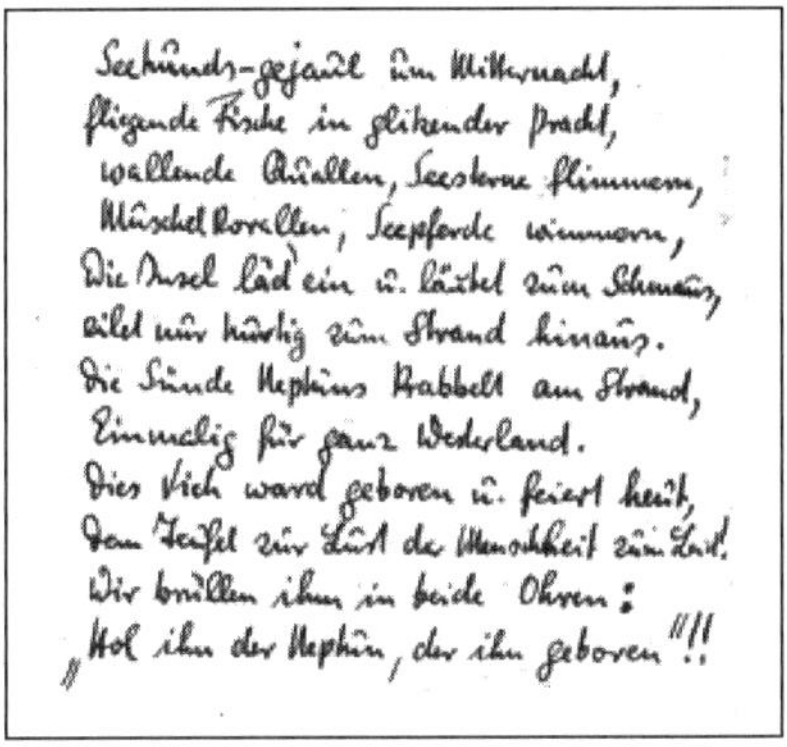
Seehunds-gejaul um Mitternacht,
fliegende Fische in glitzender Pracht,
wallende Quallen, Seesterne flimmern,
Muschelkorallen, Seepferde wimmern,
Die Insel läd ein u. kitzelt zum Schmaus,
eilet nur hurtig zum Strand hinaus.
Die Sünde Neptuns krabbelt am Strand,
Einmalig für ganz Westerland.
Dies Vieh ward geboren u. feiert heut,
dem Teufel zur Lust der Menschheit zum Leid.
Wir brüllen ihm in beide Ohren:
„Hol ihn der Neptun, der ihn geboren"!!

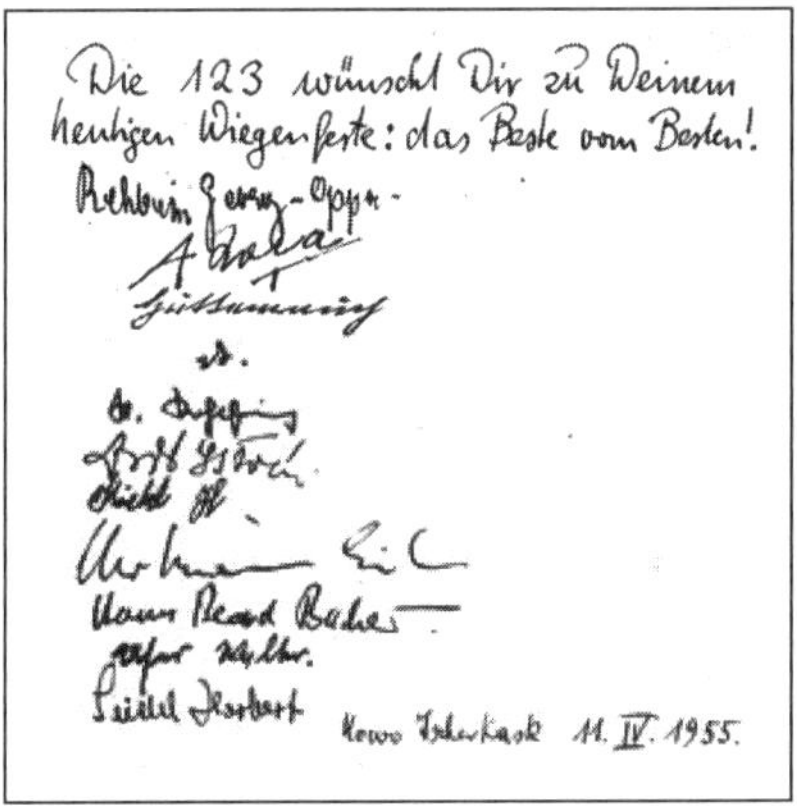
Die 123 wünscht Dir zu Deinem heutigen Wiegenfeste: das Beste vom Besten!

Nowo Tscherkask 11. IV. 1955.

私の31歳の誕生日への祝辞〔訳注：左上の内容は「ヴェスターラント人（著者のこと）、心からおめでとう」、右上は一部の筆記体が判読不能だが、著者を海の悪魔に喩えたと思われるコミカルな詩、下段は「123（監房の番号か？）は君の今日の誕生日が最高の上にも最高であるよう祈る！」（以下、各人の署名）〕

署名のいくつかについてもう少し説明しよう。

●筆頭に「レーバインじいちゃん」のサインがあるのが分かる。この哀れ極まりない男は、実際にこの時点ですでに二五年以上も鉄格子や有刺鉄線の背後で過ごしていた。本人の説明によるとこうだった。

第一次世界大戦中の一九一七年、下士官としてフランスで捕虜となり、フランス軍将校を殴ったため禁固一〇年に処せられ、カイエンヌ〔原注：フランスの海外県ギアナの首都にして最大の都市〕に面した島々の流刑植民地の一カ所で過ごした。一九二七年に釈放されてドイツに帰国し、共産党に入党してまもなく、指導的地位に昇進した。一九三三年にはKPD〔訳注：ドイツ共産党〕幹部として逮捕され、強制収容所に送り込まれた。その後数年を経て、努力して特別扱いの囚人の地位にのし上がることができた（そのため、SSの上官の前で帽子を脱ぐ必要がなくなったほか、収容所の売春宿を訪れることも許可された）。一九四三年になると焼却炉長に昇りつめ、実際に生活も悪くなかった。この同じ年、彼は――そして彼以外の囚人も――志願して昔の階級で軍務に就かないかと打診された。これを受けた彼は、ディルレヴァンガー旅団〔原注：オスカール・パウル・ディルレヴァンガーSS上級大佐（一八九五年九月二六日生、一九四五年六月五日？没）にちなんで命名されたSS特殊部隊〕に入隊し、一九四五年までに軍曹に昇進した。ドイツ国防軍の降伏後はソ連の捕虜となり、一九五〇年には、前述の旅団に属していたことから例の二五年間の服役刑に処せられた。

●その下の署名はスペイン軍将校のものだが、そもそも戦時中にドイツで何をしていたのか、詳しいことは何も話さなかった。本人の主張によると、ベルリンでソ連軍の捕虜になったという。何やら非常に得体のしれない人物だが、監房仲間に難なく馴染んだ。

●「Dr.」という略称の背後に隠れているのは、ある軍集団の元1C〔訳注：情報参謀〕にして法律家のハッセロート博士である。われわれは常に意見が一致するわけではなかったが、夏に窓を開けながら、鉄格子の向こうの果てしない草原と星空を見ながら長らく語り合ったものだった。

●その二行下の署名はハンガリー軍将校のもの。彼は非常に信心深く、禁欲的でとても控えめだった。

春が過ぎて夏が来たが、われわれにはその期間は長くはなかった。刑務所にも――あるいは刑務所だからこそ――単調な日常があり、それに慣れることができた。特に良い気分転換になったのが、一〇日ごとに浴びるシャワーだった。その際は衣類のシラミ駆除もしてもらった（ソ連側は最悪の時期にもこの慣例を維持していた。その理由は、単なる博愛主義からではなく、シラミが媒介する発疹チフスを恐れていたからであり、それが衛兵や住民にあっという間に感染しかねないためである）。

私にとって、ノヴォ=チェルカスク刑務所でのシャワーにまつわる思い出は、「リューベツァール〔監訳注：山の精〕と高いモミの木」という美しい歌と結びついている。これは温水の分配――一〇分が温水で、その後は単なる冷水――が看守によって外から調整されていたということと単純に関連している。くつろいで湯船の中で歌を歌う人もいるように、われわれはシャワーを浴びながら歌った。すると、この歌をうたった後はお湯の恵みが数分間長引いてから止まることにすぐに気づいた。そこで、毎回お湯の時間が終了する間際に歌い始めることにした。ただ、問題は一〇日分の髭を剃ることだった。バリカンで剃る方法は不完全だったので、好まれなかった。そこでわれわれは、この種の髭剃りをボイコットして髭を生やすことにした。

半年後には立派な赤ひげをたくわえた

私は速記の習得以外にロシア語の知識も向上させることができた。週に一度、刑務所管理部の職員が小さな手押し車に本を積んでやってきた。品揃えは必ずしも豊富ではなかったが、これを利用していたのは自分一人だったので、読み物はいつも十分あった。理由は分からないが、われわれの大多数はロシア語に取り組むのを拒否していた。私以外では、ロシア語前述の速記官でミュンヘン出身のトーニ・マイヤーしかおらず、彼はまさに傑出せる語学の天才だった。

英露辞典を買うのに成功した私は——刑務所の管理部に必要な許可を申し出て認められた——、読書欲をさらに満たすことができた。「買う」という表現に驚くかもしれないが、すでに述べたようにわれわれは全員が収容所からルーブルをいくらか持ってきていた。食品に使う必要がないので、ほかのことに役立てた。そこで、新聞を予約購読する機会を利用した。毎日、『イズヴェスチャ』〔原注：「ニュース」や「知らせ」を意味するロシアの全国紙〕を監房に届けてもらい、トーニ・マイヤーが刑期を満了して収容所に送り返されると、新しいニュースを翻訳する日々の仕事が私に回ってきた。

毎日提供せねばならない情報は、たいてい大して面白味のあるものではなかった。ところが一九五五年八月のある日、われわれに衝撃が走った。ドイツのサッカーチームがモスクワで試合を行なうと知らされ、それとの関連でソ連邦への初の観光旅行が行なわれたのである。われわれの反応は、「これで公的に完全に諦められてしまった」というものだった。急に意気消沈したわれわれは、その後の数日間はあまり話をしなかった。だが、それもすぐに変わった。われわれはドイツ政府代表団の到着〔原注：コンラート・アデナウアー連邦首相が一九五五年九月九日から一四日に行なった会談により、ソ連邦と外交関係を樹立する合意がなされた〕と、外交関係の開始に関する交渉、そして依然としてソ連に抑留されている捕虜の解放について読んだ。昼も夜も、この間は本当に気分が高揚した。衛兵も一緒だった。

通常、われわれは新聞を午前中に受け取っていた。だが、前日の夜に配達されていたのは明らかであり、そのとおり午前二時に当直の看守一人がやってきて、監房ドアの窓から最新号の新聞を差し出し、こう言った。「スコラ・ダモイ・カメラード！（じきに家に帰れるぞ！）」。それが実現することになったとき、彼らはわれわれと一緒になって本当に喜んでくれた。

18 帰 郷

われわれはそれを『イズヴェスチャ』の記事で読んだが、ほとんど信じられなかった。刑務所の中の反応は素早かった。それまでに三つの監房に増えていたドイツ人収監者は、同じ廊下沿いにまとめられた。つまり、われわれは監房の中で相互訪問できたし、午後には運動場に連れていかれ、そこで思いきり羽目を外すことができたほか、何らかの方法で古いドイツ映画を手に入れ——忘れもしない、あれは『椿姫』だった——、それを観ることも許された。

一人ずつ刑務所管理部に連れていかれたわれわれは、入所時に没収された私物を返却された。私は自分の見事な赤髭をまた剃ることがただ辛かった。そう、そして重大な日が本当にやってきた。早朝に出発したバスでロストフの駅に向かったわれわれは、以前のように貨車で「旅行」させられるのではなく、クリミアとモスクワを結ぶ定期運行の急行列車に乗せられ、その中には、われわれと護送役のソ連軍佐官二人のためにコンパートメントがいくつか確保されていた。

ロシア人の乗客は、思いがけずも昔のドイツ兵に出くわして少なからず驚いていた。ところが、敵意ある言葉は一言もなく、どの駅でもそれは同じだった。ソ連の鉄道列車は何昼夜も移動するにもかかわらず食堂車がないので、およそ四五分間、駅に停車する。下車でき、食品その他を買い置きすることもできる。ロシア語の知識がある私は買い物に送り出されたが、ドイツ軍制服のなれの果てを着ていたにもかかわらず、何の問題もなかった。

二昼夜後の夕方にミンスクに到着したわれわれは、モスクワ―ミンスク―ワルシャワ―フランクフルト／オーデル行きの列車に乗り換えた。しかし、その前にミンスク駅のレストランで温かい食事を出された。ナイフとフォークを使う食事は少なくとも一〇年ぶりだった！　ナイフは右で、フォークは左だったかな？

ソ連―ポーランド国境を越える際は、約三時間にわたってコンパートメントと乗客が検査され、ドアが施錠され、増援のポーランド兵がやってきた。これは、列車から勝手にポーランド領内に出るのを防ぐためだったようだ。われわれにはそんなつもりはなかった。

フランクフルト／オーデル〔監訳注：「オーデル河畔のフランクフルト」の意。フランクフルト・アム・マインと区別するために、このように称される〕に到着後、われわれはMfS〔原注：Ministerium für Staatssicherheit：東ドイツ国家保安省〕要員と初めて顔を合わせた。彼らはわれわれの中で郷里がDDR領域内にある者を列車の外に連れ出した。傲慢で威張りくさった、いたく鼻持ちならないタイプだった（ちなみに、ここで列車から降ろされた仲間とは、わずか二日後にフリートラントで再会した。彼らはすぐにBRD〔訳注：ドイツ連邦共和国＝西ドイツ〕に向かったのである）。残ったわれわれは、すでに待機中の車輛に乗り換え、そこで別の刑務所に服役していた佐官たちと出会った。そう、そしてこの車輛を機関車につなげ、DDRを通過した。

われわれの小輸送列車は予定外の運行をしていたので、駅（多くは小さな駅だった）で頻繁に止められ、通常の列車に線路を譲った。われわれが信じられなかったのは、列車が止まって数分もしないうちに近くの町から人々がやってきて、共産党の幹部が見たくないであろうような心のこもった歓迎をしてくれたことだった。われわれは蓄えていたタバコやチョコレートを窓から投げて返礼した。われわれを護送していたソ連軍将校は邪魔しなかった。

それに引き換え、ある場所では人民警察の一人が干渉し、われわれを歓迎しようとやってきていた人々を怒鳴りつけた。これら幹部に対するわれわれの怒りは増大し、ハレの中央駅でそれが爆発した。これは単純なことと関連している。別の列車を通過させるためにわれわれの輸送列車が押し込められた乗り場は――終業時間頃であったこともあり――家路に就こうとしていると思しき人々でごった返していた。その中には人民警察の要員もいた。何がきっかけだったか、もう正確には覚えていないが、われわれ全員がすぐ窓の外にぶら下がり、制服を着たこれらの人員を「同胞の弾圧者、ロシア人の手先」などと罵った。思い切ったこともたやすくできた。われわれは依然としてそばにいる二人のソ連軍将校の保護下にあったたし、彼らは笑いを押し殺しながらこの騒ぎの一部始終を見守っていた。乗り場からはプラスの反応もマイナスの反応もなかった。全てが静かなままだった。われわれの車輌も、離れた線路にすぐに押し込まれた。

帰還

それは同じ日の夜遅くにやってきた。われわれはヘルレスハウゼンで正式にドイツ当局に引き渡され、その後まもなくしてフリートラントに到着した。すでに遅い時間だったにもかかわらず、収容所の門の前には無数の人々が集まっており、その中には行方不明の兵士の親族もいた。愛する人の運命を少しでもわれわれから知ろうと、写真を差し出した。これらの婦人の眼差しは、永遠に私の記憶に残るだろう。

当然のことながら、この夜はほとんど一睡もできなかった。翌日、われわれは医師の診察を受け、新しい服を着せられた。私の到着を知らせる電報は夜のうちにヴェスターラントに届いており、母にも夜に配達さ

フリートラントの収容所で私を出迎えてくれたのは、いとこが最初だった

ほぼ同じ場所で妻エリカと。1990年の撮影

れていた。フレンスブルクに住む友人のヴェーンケ夫妻が協力を申し出てくれ、翌朝には車で母をフリートラントまで送ってくれた。ラジオやゲッティンゲンの新聞の朝刊でも、われわれの輸送便の名が公表されていた。

夕方、通常の手続きを終えた私は、ゲッティンゲンに家族で住むいとこのインゲのもとで母を迎えることができた。その瞬間にわれわれ二人の心を占めたものを表現することはできないので、ここでやめておく。想像することはできるだろう。

朝食後、車でハンブルクを経由してノイ＝ミュンスターに向かった。ちなみに、われわれはアウトバーンを走行中、見たこともない乗り物に追い越され、その光景に仰天した私は危うく車から落ちそうになった。それはメッサーシュミット・カビネンローラーだった〔原注：ヴィルヘルム（ヴィリー）・エミール・メッサーシュミット（一八九八年生、一九七八年没）にちなむ。メッサーシュミットはドイツの航空機設計者・実業家で、第二次世界大戦後は連合軍の命令によって飛行機の製造が許可されなかった〕。

ついでにちょっとした経験もした。われわれがレストランで休憩していると、別の客が急に立ち上がってミュージックボックス――むろん私には見たこともない装置――の所に行き、行進曲の『旧友』を鳴らして歓迎してくれた。私は復員兵と容易に分かる恰好をしていたのだろう。新しい服を支給された際に、青いスーツに緑のシャツと黄色いネクタイを選んでいたのだ！

翌日の午後、われわれはついにヴェスターラントに到着し、私はあり得ないほどの歓迎を受けた〔原注：これについては以下も参照のこと：[5] „Sylt - Abenteuer einer Insel“ herausgegeben von Sven SIMON, Hamburg 1980; S. 268〕。おじのヒンネには養女が一人おり、そのクラスの女の子が花束を持って駅で私を迎えることになっていた。それに選ばれたのはエリカ・ハンゼンだったが、彼女にはそれをする勇気がなかった。彼女はあまりに内気だったので、ほかの誰かがそれをせねばならなかった――その代わり、エリカ・ハンゼンはのちに私の妻となった。

この若い女性は本来なら妻になるエリカ・ハンゼンのはずだった

ヒンネおじさんの車にほんの少し乗り、私は一〇年余ぶりにようやく郷里に帰ってきたのである。

追記：実質的に父の命と私の青春の数年間を奪ったソ連司法機関の判決は一九九二年に破棄された。また、私の脱走に対する二番目の判決は一九九八年に破棄された。

「確認」
WRIO名誉回復担当第２部長
1992年８月14日　　　　　　　　　　　　　　　A・I・フィリミノフ

決　定

４月29日にロシア・ソ連邦社会主義共和国刑法第17条および1943年４月19日ソ連邦最高ソビエト政令第１条によりモスクワ地区国家保安省部隊軍法会議から有罪を宣告されたドイツ市民

ヒンリヒ・ユリウス・クリスティアンゼン
1924年キール生
ドイツ人、前科なし
1949年12月24日逮捕

に関して同軍法会議は、クリスティアンゼンがファシスト軍の一員として1943年７月から1944年７月まで占領下にあったソ連邦領域において、ソ連パルチザン対策および野戦警察に引き渡たされた平和的市民の逮捕に加担したとして有罪と判定した。

クリスティアンゼンは予審においても軍法会議においても無罪を主張し、ドイツ軍に召集された後に「ブランデンブルク」師団に勤務したが、同師団は住民に対して暴力的でも残虐的でもなかったと供述した。

同人は部隊本部の命令に基づき、1943年７月から1944年７月まで、パルチザンとの関係を疑われる村民の逮捕に関与した。

予審においては本件に関する他者の審問はなかった。

実際に、クリスティアンゼンが民間人や捕虜になった赤軍兵士に対する殺害や虐待に関与したとの証拠はない。

こうした状況においては、クリスティアンゼンはロシア・ソ連邦社会主義共和国刑法第17条および1943年４月19日ソ連邦最高ソビエト政令第１条による罪に該当する者には含まれないと結論づけざるを得ない。

1991年10月18日「政治的抑圧の犠牲者の名誉回復に関する」ロシア・ソ連邦社会主義共和国法第３条に基づき、ヒンリヒ・ユリウス・クリスティアンゼンの名誉を回復するものとする。

名誉回復部軍検察
法務大佐
W・B・グセフ

1992年８月14日付け名誉回復判決

Botschaft
der Bundesrepublik Deutschland

17. NOV. 1998

Anl. .... Dopp. ....

ГЕНЕРАЛЬНАЯ ПРОКУРАТУРА
РОССИЙСКОЙ ФЕДЕРАЦИИ

ГЛАВНАЯ
ВОЕННАЯ ПРОКУРАТУРА

«5» ноября 1998 г.

№ 5уд-2359-92

103160, Москва, К-160, Хользунов пер., д.14

СПРАВКА
(о реабилитации)

Гражданин (ка) Христиансен Генрих Юлиус

Год и место рождения 1924 г., г.Киль (Германия)

Гражданин (ка) какого государства Германии

Национальность немец Место жительства до ареста Лагерь № 476

Место работы и должность (род занятий) до ареста Заключенный

Дата ареста 16 октября 1951 г.

Когда и каким органом осужден (а) (репрессирован/а) 20 ноября 1951 г. военным трибуналом войск МГБ Свердловской обл.

Квалификация содеянного и мера наказания (основная и дополнительная) ст.58-14 УК РСФСР (за побег из лагеря) к 25 годам лишения свободы, с конфискацией имущества.

Дата освобождения Сведений в деле нет.

На основании ст. 3, ст.5 Закона РФ «О реабилитации жертв политических репрессий» от 18 октября 1991 года гражданин(ка) Христиансен Генрих Юлиус реабилитирован (а).

ПРИМЕЧАНИЕ: Решение о реабилитации не может служить основой для имущественных требований граждан Германии, идущих вразрез с действующим законодательством и международными обязательствами.

Начальник отдела реабилитации
Главной военной прокуратуры Л.П.Копалин

Главная военная прокуратура

1998年11月5日付け名誉回復（原文）

ロシア連邦検事総長　　　　　　　　　　　　1998年11月5日
軍中央検察局　　　　　　　　　　　　　　　5ud-2359-92号

103160 モスクワ、K-160、チョルスノフ気付14号

名誉回復証明書　　ハインリヒ・ユリウス・クリスティアンゼン氏
出生年・地　　1924年、キール（ドイツ）
国籍　　ドイツ
所属民族　　ドイツ人

収監前の居住地：第476収容所
収監前の最後の雇用主／職業：囚人
収監年月日：1951年10日16日
判決／訴追の年月日およびその機関：1951年11月20日、スヴェルドロフスク行政区国家保安省部隊軍法会議
有罪判決の根拠となった条項および量刑（基本刑および追加刑）：
ロシア・ソ連邦社会主義共和国刑法第58条第14項（収容所からの逃走）による25年の禁固刑、財産の没収
釈放日：書類に記載なし

1991年10月18日「政治的抑圧の犠牲者の名誉回復に関する」ロシア連邦法第3条および第5条に基づき、ハインリヒ・ユリウス・クリスティアンゼン氏の名誉を回復する。

注：名誉回復に関する決定は、現行の法的規定および国際的義務と一致しないドイツ国民の財産請求権の根拠とはなり得ない。

軍中央検察局名誉回復部長：（印、署名）L・P・コパーリン

（注：この用紙上の名前の綴りはロシア語原典の綴りに基づいている。そのため、ローマ字に書き換えると綴りに若干の相違をきたす場合がある）

1998年11月5日付け名誉回復

編集者による結び

本書はヒンリヒ＝ボーイ・クリスティアンゼンの回想録を抜粋したものである。著者（一九二四年生まれ）は、若年期に国民社会主義者〔監訳注：ナチス〕の権力掌握を経験し、その体制内で成長せざるを得なかった世代に属している。

著者は、自身が感じた戦争の悲惨さを描写するのみならず、どうすれば明日を生き延びられるか、次の休暇はいつになるのかといった、兵士にとって絶対的優位にある問題についても明記している。政治体制に疑問を抱く余地はなかった。一九四四年七月二〇日のヒトラー暗殺未遂のような事件ですら、前線に持続的影響力を及ぼすことはなかった。

他方、何度も気づかされるのは、兵士というものはいかに不快極まる状況から最高の喜びを生み出すことを学ぶのかという点だ。喜びとは相対的なものであり、一足の乾いた靴下でも成り立ち得る。次の「面倒」は必ずやってくるので、自覚しながら経験することが重要なのだ。

戦争の最中には、能動的な「安全への配慮」という主観的感覚がまだ許されたが、捕虜になると、自己が介在する余地のない（受動的な）されるがままという感覚が支配的になった。これは肉体や精神、士気に特段の要求を課すものだった。囚われの時間がどれだけ続くか見当もつかないなかで、いくらかでも無事に耐え抜こうとした。祖国をもう一度見たい一心で！

これほど信頼に足る記録は——無条件で——保存する価値があるとの確信が私になければ、数々の思い出を処理して印刷物にする手間をわざわざかけることは絶対になかったであろう。これらの記録は、取り返しのつかない負け戦を戦う危険を紹介する類例のないものであり、（戦後生まれの）読者には、誘惑に負けたために苦い代償を支払わなければならなかったこの世代を、多少なりとも理解するための類まれな機会を提供してくれるものである。

この極めて個人的な回想を公刊する準備をし、本書編集中に快く協力してくれた著者に感謝する。また、本書の制作に激励と支援をもってかかわってくれたその他すべての方々の代表として、最後のタイプミスまで気にかけてくれたリッケン＝バッハ／スイス出身のチャーリー・ヴィルトに衷心より謝意を表したい。

二〇一〇年から一一年にかけての冬、ハンマーにて

ルドルフ・キンツィンガー

付録1 参考・推奨文献

[1] GÜNZEL, Reinhard; WALTHER, Wilhelm; WEGENER, Ulrich K.: Geheime Krieger: drei deutsche Kommandoverbände im Bild; Selent 2007

[2] HILGER, Andreas; SCHMIDT, Ute; WAGENLEHNER, Günther: Sowjetische Militärtribunale, Band 1, Die Verurteilung deutscher Kriegsgefangener 1941-1953; Köln u.a. 2001

[3] KALTENEGGER, Roland: Operationszone „Adriatisches Küstenland“ - der Kampf um Triest, Istrien und Fiume 1944/45; Graz u.a. 1993

[4] KRIEGSHEIM, Herbert: Getarnt, getäuscht und doch getreu: die geheimnisvollen „Brandenburger"; Berlin 1958

[5] SIMON, Sven (Hrsg.):Sylt - Abenteuer einer Insel; Hamburg 1980

[6] SPAETER, Helmuth:Die Brandenburger, eine deutsche Kommandotruppe; München 1978

[7] SPEER, Albert:Erinnerungen; Frankfurt/M., Berlin 1999　アルベルト・シュペーア著、品田豊治訳『ナチス軍需相の証言 シュペーアの回想録（上下）』中公文庫、２０２０年

[8] WITZEL, Dietrich F.:Kommandoverbände der Abwehr II im Zweiten Weltkrieg; in:Militärgeschichtliches Beiheft zur Europäischen Wehrkunde, Wehrwissenschaftliche Rundschau 5/1990

[9] DUDEN:Die deutsche Rechtschreibung, 25. Auflage, Mannheim, Wien, Zürich 2009

[10] www.wikipedia.org:Wissensdatenbank

付録2 著者履歴

姓：　クリスティアンゼン
名：　ヒンリヒ＝ボーイ
生年月日：１９２４年4月11日、キールにて
婚姻：　エリカ・ハンゼン（１９４０年1月2日生）と１９６０年1月2日に結婚、子供２人、孫１人

初等・中等教育：
１９３０年～４１年　　ハンブルクの国民学校およびギムナジウム

軍歴：
１９４１年9月1日～４２年1月20日　ハイデクルーク近郊のルスにて労働奉仕団
１９４２年1月28日～3月　ハンブルクの第90歩兵（自動車化）補充大隊にて訓練
１９４２年4月～8月　メーゼリッツ近郊の「ミミズ宿営地」にて「ブランデンブルク」第Ⅰ教導連隊Ⅴ小隊
１９４２年8月～４３年4月　ブランデンブルク／ハーフェルの「ブランデンブルク」第Ⅰ大隊教導中隊
１９４３年4月～４４年10月　ロシアおよびイタリアにて「ブランデンブルク」第３連隊第Ⅰ大隊教導中隊において作戦行動
１９４４年11月～12月　フェルデスの「ブランデンブルク」師団士官候補生課程
１９４５年1月～4月　ヴィシャウの装甲兵科第1ファーネンユンカー（士官候補生）学校
１９４５年4月　少尉として「シル」部隊（遊撃隊）に転属（ＦＡＫ２０２の管轄下）

虜囚歴：

1945年5月初旬　チェコ人民兵の手に落ち、米軍により留置

1945年5月20日　赤軍に引き渡し。レベジャン、リャザンおよびモスクワで収監

1950年5月　「ブランデンブルク」師団隊員だったため、労働収容所に25年間服役の判決

1950年11月〜51年6月　ペルヴォウラリスク収容所

1951年6月　脱走未遂〔訳注：本文では7月とある〕

1951年12月　脱走未遂により、労働収容所に25年間服役の判決

1952年3月〜54年6月　デグチャルカ収容所の懲罰小隊

1954年7月〜釈放まで　ノヴォ=チェルカスク刑務所

大学教育：

1956年〜60年まで　ハンブルク大学にて経済学を専攻

職業：

1960年〜89年まで　国家公務員として種々の職務に任用

1989年　課長で退官

付録3　本書に登場する場所について（時系列順）

ヴァンツベーク（WANDSBEK）　1938年からハンブルク市区（1937年の大ハンブルク法による）
位置：北緯53度34分55秒、東経10度5分3秒
http://de.wikipedia.org/wiki/Hamburg-Wandsbek_%28Stadtteil%29

メーゼリッツ、ヒンターポンメルン（MESERITZ, HINTERPOMMERN）（ポーランド語：メエンジジェチ＝MIĘDZYRZECZ）は、今日ではポーランドのルブシュ県の一都市で、練兵場「ミミズ宿営地」の所在地だった。
位置：北緯52度26分、東経15度34分
http://de.wikipedia.org/wiki/Mi%C4%99dzyrzecz

ブランデンブルク／ハーフェル（BRANDENBURG/HAVEL）ベルリンの西70キロメートルにある都市
位置：北緯52度25分、東経12度34分
http://de.wikipedia.org/wiki/Brandenburg_an_der_Havel

デューレン（DÜREN）ライン州（現在のノルトライン＝ヴェストファーレン州）のアーヘンとケルンの間のアイフェルの北端にある都市
位置：北緯50度48分、東経6度29分

http://de.wikipedia.org/wiki/D%C3%BCren

ベルリン（BERLIN） ドイツ国（現在のドイツ連邦共和国）の首都
位置：北緯52度31分、東経13度24分
http://de.wikipedia.org/wiki/Berlin

ヴィルナ（WILNA） ベラルーシ国境から約40キロメートルの距離にあるリトアニアの首都（リトアニア語：ヴィリニュス＝VILNIUS）
位置：北緯54度41分、東経25度16分
http://de.wikipedia.org/wiki/Wilna

プストシカ（PUSTOSCHKA） ロシア・プスコフ州の小都市（ロシア語：イリクロムカ＝Пустошка）
位置：北緯56度20度0秒、東経29度22度0分
http://de.wikipedia.org/wiki/Pustoschka

ヴィテプスク（WITEBSK） ベラルーシ北部の都市（ベラルーシ語：ヴィーツェプスク＝Віцебск）で、ロシアとラトビアの国境付近に位置
位置：北緯55度11分、東経30度10分
http://de.wikipedia.org/wiki/Witebsk

フェルデン（VERDEN） ハノーファー州のアラー川に面した都市（現在はニーダーザクセンの郡庁所在地）
位置：北緯52度55分、東経9度14分
http://de.wikipedia.org/wiki/Verden

ネヴェル（NEWEL） ロシア北西部のプスコフ州にある都市（ネフェルとも。ロシア語：Невель）
位置：西経56度1分0秒、東経29度56分0秒
http://de.wikipedia.org/wiki/Nevel

ポロツク（POLODZK） ベラルーシ北部のヴィテプスク地区のデュナ川に面した同国最古の都市（ベラルーシ語：ポラック＝Полацк あるいはПолацак）
位置：北緯55度29分、東経28度48分
http://de.wikipedia.org/wiki/Polozk

ホロドノ（HORODNO） ピンスクールニネツ線の約50キロメートル南方に位置するベラルーシの村
位置：北緯51度51分58分、東経26度30分0秒

ルニネツ（LUNINEZ、LUNINETZとも） ブレスト州にあるベラルーシの都市（ベラルーシ語：Лунінец、ロシア語：Лунинец、ポーランド語：Łuniniec）
位置：北緯52度15分、東経26度48分
http://de.wikipedia.org/wiki/Luninez

ピンスク（PINSK） ベラルーシ共和国の南西部に都市で、ウクライナとの国境付近にある（ベラルーシ語：Пінск、ロシア語：Пинск、ポーランド語：Pińsk）
位置：北緯52度7分、東経26度6分
http://de.wikipedia.org/wiki/Pinsk
ブレスト（BREST） 西ブーク川に面したベラルーシの都市で、旧称はブレスト＝リトフスク（「リトアニアのブレスト」）（ベラルーシ語：Брэст あるいは Берасьце (Bjeraszje)、ポーランド語：Brześć nad Bugiem、ロシア語：Брест、リトアニア語：Brestas, 以前はLietuvos Brasta）
位置：北緯52度5分、東経23度42分
http://de.wikipedia.org/wiki/Brest_(Weißrussland)
ヴェスターラント（WESTERLAND） ハンブルクの北西約190キロメートルにあるジュルト島（現在はシュレスヴィヒ＝ホルシュタインのノルトフリースラント郡ジュルト区の集落の一部）（デンマーク語：Vesterland, フリース語：Wäästerlön あるいはWeesterlön）
http://de.wikipedia.org/wiki/Westerland
位置：北緯54度54分36秒、東経8度18分27秒

トリエステ（TRIEST）（スロヴェニア語／クロアチア語：TRST） アドリア海に面する北イタリアの港町で、現在のスロヴェニアとの国境に接する。フリウリ＝ヴェネツィア・ジュリア自治州とトリエステ県の州都

位置：北緯45度39度0秒、東経13度46分0秒
http://de.wikipedia.org/wiki/Triest

フィウメ（FIUME） クヴァルネル湾（現在はクロアチア）に面した港町（クロアチア語：RIJEKA）
位置：北緯45度19分47秒、東経14度25分56秒
http://de.wikipedia.org/wiki/Rijeka

カステル・ヌオーヴォ（CASTEL NUOVO） トリエステとフィウメの間のイストラにある場所
位置：正確な位置は不明

ゲルツ（GÖRZ） イタリア北東部のイゾンツォ川に面し、スロヴェニアとの国境を接する都市で、フリウリ＝ヴェネツィア・ジュリア地域に属するゴリツィア県の県都（スロヴェニア語：ゴリツィア＝GORICA）
位置：北緯45度56分0秒、東経13度37分0秒
http://de.wikipedia.org/wiki/Gorizia

バーデン（BADEN） ニーダーエスターライヒのバーデン行政区の都市（「バーデン・バイ・ヴィーン」）
位置：北緯48度0分27秒、東経16度14分0秒
http://de.wikipedia.org/wiki/Baden_(Niederösterreich)

フェルデス（VELDES） スロヴェニア北東部のブレッド湖に面する自治体（スロヴェニア語：ブレッド＝BLED）

位置：北緯46度22度4秒、東経14度6分45秒
http://de.wikipedia.org/wiki/Veldes

ヴィシャウ（WISCHAU）現在のチェコのハナ川に面した都市（チェコ語：ヴィシュコフ＝VYŠKOV）
位置：北緯49度16分38秒、東経16度59分56秒
http://de.wikipedia.org/wiki/Vyškov

ポツダム（POTSDAM）ベルリン南西のブランデンブルク（現在のブランデンブルク連邦州の州都）にある都市
位置：北緯52度24分、東経13度4分
http://de.wikipedia.org/wiki/Potsdam

コリン（KOLIN）プラハの東60キロメートルにあるエルベ川に面する中央ボヘミア地方の都市（チェコ語：KOLIN）
位置：北緯50度1分41秒、東経15度12分2秒
http://de.wikipedia.org/wiki/Kolín

バート・ライネルツ（BAD REINERZ）ニーダーシュレージエンの温泉保養地で、現在はポーランド南西部の都市（ポーランド語：ドゥシュニキ＝ズドルイ＝DUSZNIKI ZDRÓJ）
位置：北緯50度24分0、東経16度23分0秒
http://de.wikipedia.org/wiki/Bad_Reinerz

スラビング（SLABING） オーストリアとの国境に面したチェコのメーレン南西部にある都市（おそらくZLABINGSのことで、チェコ語：スラヴォニツェ＝SLAVONICE）
位置：北緯48度59分51秒、東経15度21分5秒
http://de.wikipedia.org/wiki/Slavonice

ルドレク（RUDOLEC） ダチツェの9キロメートル西にあるチェコの自治体（おそらくチェスキー・ルドレツ＝ČESKÝ RUDOLECのことで、ドイツ語ではベーミッシュ・ルドレツ＝BÖHMISCH RUDOLETZ）
位置：北緯49度3分56秒、東経15度19分12秒
http://de.wikipedia.org/wiki/Český_Rudolec

ノイ＝ビストリッツ（NEU-BISTRITZ） オーストリアとの国境に近いチェコの都市（旧称：NEUFISTRITZ、チェコ語：ノヴァー・ビストジツェ＝NOVÁ BYSTŘICE）
位置：北緯49度1分9秒、東経15度6分11秒
http://de.wikipedia.org/wiki/Nová_Bystřice

デラースハイム（DÖLLERSHEIM） ニーダーエステルライヒのヴァルトフィーアテル（現在は市場町ペラに属する）にあるオーストリアの都市で、ナチ時代に射撃場建設との関連で破壊された
位置：北緯48度38分0秒、東経15度27分0秒
http://de.wikipedia.org/wiki/Döllersheim http://www.doellersheim.at/doellersheim/index.html

フォスツァニ（FOSZANI） ルーマニア東部のブカレストの北東約１６０キロメートルにある都市（ルーマニア語：フォクシャニ＝FOCSANI、ハンガリー語：FOKSÁNY）
位置：北緯45度41分37秒、東経27度11分９秒
http://de.wikipedia.org/wiki/Focșani

レベジャン（LEBEDJAN） リペツク州にあるロシアの都市（ロシア語：レベジャニ＝Лебедянь）
位置：北緯35度1分0秒、東経39度８分０秒
http://de.wikipedia.org/wiki/Lebedjan

リャザン（RJASAN） リャザン州（モスクワの南東約２００キロメートル）の州都でオカ川に面するロシアの都市（ロシア語：Рязань）
位置：北緯54度37分０秒、東経39度43分０秒
http://de.wikipedia.org/wiki/Rjasan

ゲシェル（GESCHER） ミュンスターラント（現在はノルトライン＝ヴェストファーレン州の北西部）西方の都市
位置：北緯51度57分、東経7度0分
http://de.wikipedia.org/wiki/Gescher

モスクワ（MOSKAU）〔訳注：ドイツ語では「モスカウ」だが、本書では日本で一般的な「モスクワ」と表記〕ソ連邦（現在のロシア共和国）の首都（ロシア語：Москва、MOSKWA）

位置：北緯55度45分0秒、東経37度37秒0秒
http://de.wikipedia.org/wiki/Moskau

モシャイスク（MOSHAISK、MOSCHAISKとも）ロシアの都市で、モスクワの西約110キロメートルに位置する
（ロシア語：モシャイスク＝Можайск）
位置：北緯55度30分0秒、東経36度2分0秒
http://de.wikipedia.org/wiki/Moschaisk

クラスノゴルスク（KRASNOGORSK）モスクワ州にある都市（ロシア語：Красногорск）で、ロシアの首都モスクワの中心部から約25キロメートルにある
位置：北緯55度49度0秒、東経37度20分0秒
http://de.wikipedia.org/wiki/Krasnogorsk

ペルヴォウラリスク（PERWOURALSK）スヴェルドロフスク州にあるロシアの都市（ロシア語：Первоуральск）
位置：北緯56度55分0秒、東経59度57分0秒
http://de.wikipedia.org/wiki/Pervouralsk

スヴェルドロフスク（SWERDLOWSK）ウラルにあるロシアの都市（ロシア語：Свердловск）で、現在名は1991年からエカテリンブルク（ロシア語：Екатеринбург）
位置：北緯56度50分0秒、東経60度35分0秒

http://de.wikipedia.org/wiki/Jekaterinburg

デグチャルカ（DEGTJARKA） 現在の名はデグチャルスク、スヴェルドロフスク州にあるロシアの都市（ロシア語：Дегтярск）で、スヴェルドロフスク州都の西約65キロメートルにある

位置：北緯56度42分0秒、東経60度6分0秒

http://de.wikipedia.org/wiki/Degtjarsk

ノヴォ＝チェルカスク（NOWO-TSCHERKASK） ロシア南部の工業都市（ロシア語：Новочеркасск）で、モスクワの南約1000キロメートル、ロストフ・ナ・ドヌーの北東30キロメートルにある

位置：北緯47度26分0秒、東経40度5分0秒

http://de.wikipedia.org/wiki/Nowotscherkassk

フリートラント（FRIEDLAND） ニーダーザクセンの最南端にあるゲッティンゲン郡にある自治体で、同名の入国管理収容所〔監訳注：避難民・被追放民を入国管理のために収容した施設〕もあった

位置：北緯51度25分、東経9度55分

http://de.wikipedia.org/wiki/Friedland_(Niedersachsen) http://de.wikipedia.org/wiki/Lager_Friedland

いくつかの地名については最大で6種の表記がある（ロシア語・キリル文字、ベラルーシ語、ウクライナ語、ポーランド語、ドイツ語、国際表記）。本文においては、著者が使用していた当時の（ドイツ語の）慣例的綴りのままにしている。国際表記や種々の言語の綴りについては、wikipedia.orgのリンクを示しておいた。

付録4　第90歩兵補充大隊（自動車化）

〔原注：この編制表は、"Lexikon der Wehrmacht"（www.lexikon-der-wehrmacht.de）編集者の好意により同サイトから引用したもの〕

第90歩兵補充大隊（自動車化）は、1939年8月26日の動員の際に第Ⅹ軍管区において編成された。同大隊は第160師団に隷属し、第20歩兵師団用の補充部隊となった。1939年11月末には、第391歩兵連隊第Ⅰ大隊の編成に貢献した。

1939年12月初旬、大隊は第110狙撃連隊第Ⅰ大隊の編成に人員を供出した。1940年5月20日には占領部隊としてデンマークに移動した。1940年6月8日からは、第190師団に隷属した。1940年8月8日、大隊は再びラッツェブルクに移動した。1940年11月18日にはマインツ＝ゴンゼンハイムの第Ⅻ軍管区に移動し、第118歩兵補充大隊（自動車化）と改称された。

1940年11月19日、第Ⅵ軍管区内のミュンスターにあった第79歩兵補充大隊の改称および移動により、新たに第90歩兵補充大隊が編成されたが、「自動車化」の補称はなかった。新たな大隊は再び第Ⅹ軍管区のハンブルク＝ラールシュテットに駐屯するとともに第190師団に隷属した。

1941年年9月1日、大隊はハンブルク＝ヴァンツベークに移動した。1941年5月には、第740歩兵連隊第Ⅲ大隊の編成のため人員を供出した。1941年12月1日、大隊は自動車化に伴い、再び第90歩兵補充大隊（自動車化）と称されるようになった。

1942年10月1日、大隊はハンブルクにて第90歩兵補充大隊（自動車化）および第90歩兵訓練大隊（自動車化）に分割された。両大隊は1942年11月7日、それぞれ第90擲弾兵補充大隊（自動車化）および第90擲弾兵訓練大隊に改称された。

1943年4月1日、両大隊は第X装甲部隊司令官の下に置かれた。1943年4月7日、両大隊はハンブルクで擲弾兵補充訓練大隊（自動車化）に統合された。

1944年初頭、大隊は第90装甲擲弾兵連隊とノルウェーにのみ補充を提供していたとされる。1944年9月、大隊は符牒「沿岸に警戒」のもと、師団と共にオランダに移動した。同地にて、第190歩兵師団内に第1224擲弾兵連隊第Ⅱ大隊を編成し、もって解隊された。

1944年9月26日、再び第90擲弾兵補充訓練大隊（自動車化）がハンブルク＝ヴァンツベークにて新設された。1944年12月1日、大隊は第90装甲擲弾兵補充訓練大隊と改称された。同大隊は軍事郵便番号67615を有し、1945年4月にバルト海装甲訓練部隊に動員された。

付録5 特殊部隊「ブランデンブルク」（1939年から）「ブランデンブルク」師団（1943年4月1日から）

〔原注：この編制表は、"Lexikon der Wehrmacht"（www.lexikon-der-wehrmacht.de）編集者の好意により同サイトから引用したもの〕

1 沿革

特殊部隊「ブランデンブルク」の起源は1939年にさかのぼる。1939年9月15日、フェアベーク少尉の下に「特務建設・教導中隊（DK）」が編成された。人員の大半がその前身組織、すなわち、同じ1939年9月15日にブルック・アン・デア・ライタで国境警備連隊「ツィプス」の一部から編成され、のちにスロヴァキアに移動して1939年10月1日に「特務ドイツ中隊」と改称された「特務建設中隊」の出身だった。

1939年10月25日、テオドール・フォン・ヒッペル大尉により「第800特務建設教導中隊」がブランデンブルク／ハーフェルにて編成された。1940年1月1日、両建設教導中隊は統合され、第800建設教導大隊が結成された。大隊は「アプヴェーア外国第Ⅱ課」の下に置かれ、指揮官はフォン・ヒッペル博士だった。大隊は次のように中隊四個から構成されていた。

- 本部中隊
- 建設教導中隊「特務ドイツ中隊」、駐屯地はインナーマンツィング・イム・ヴィーナーヴァルト

●建設教導中隊、中隊長はファビアン大尉、駐屯地はブランデンブルク／ハーフェルのゲネラールフェルトツォイクマイスター兵舎
●建設教導中隊、中隊長はルドロフ大尉、駐屯地はミュンスターアイフェル

1940年3月から4月にかけ、連隊本部に相当する部隊本部がベルリンに設置された。1940年5月15日付けOKH令に基づき、建設教導大隊の第800特務教導連隊「ブランデンブルク」に再編されることとなった。連隊長ケヴィッシュ少佐は1940年10月にフォン・アウロク少佐と交代したが、後者は1940年11月にはフォン・ヘーリング中佐と代わった。1940年10月における連隊の構成は次のとおり。

連隊長：フォン・ヘーリング中佐
連隊副官：チュルヒ中尉
Ｉａ〔監訳注：作戦参謀〕ヘルムート・ピンケルト中尉
第Ｉ大隊　ブランデンブルク／ハーフェル所在、大隊長ハインツ少佐、第1～4中隊
第Ⅱ大隊　バーデン・バイ・ヴィーン所在、大隊長博士ヤコビ騎兵大尉、第5～8中隊
第Ⅲ大隊　デューレン所在、ヤコビ大尉、第9～12中隊

1942年11月20日、師団規模まで拡大した教導連隊は師団への再編を欺くため、「第800特務特殊部隊」と改称された。

本国司令部「ブランデンブルク」は「第800特殊部隊」

第Ⅰ大隊から編成された「第801特殊部隊」は以降「ブランデンブルク」第1連隊
第Ⅱ大隊から編成された「第802特殊部隊」は以降「ブランデンブルク」第2連隊
第Ⅲ大隊から編成された「第803特殊部隊」は以降「ブランデンブルク」第3連隊
第Ⅳ大隊から編成された「第804特殊部隊」は以降「ブランデンブルク」第4連隊
「第805特殊部隊」は「ブランデンブルク」第5連隊

1943年4月1日、部隊は「ブランデンブルク」師団に改称された（「第800特務」の名称は公式に削除された）。「アプヴェーア外国第Ⅱ課」との隷属関係が解かれ、師団は国防軍最高司令部作戦部長ヨードル上級大将の直轄化に置かれた。「ブランデンブルク」第5（教導）連隊は師団部隊から分離され、「クーアフュルスト教導連隊」としてアプヴェーア隷下に留まった。師団は陸軍部隊となり、1944年9月15日に「ブランデンブルク」装甲擲弾兵師団に改称された。

2 指揮官

1939年10月10日　博士テオドール・フォン・ヒッペル大尉
1940年12月12日　フーベルトゥス・フォン・アウロク予備役少佐
1940年11月30日　パウル・ヘーリング・フォン・ランツェナウアー中佐
1943年2月12日　アレクサンダー・フォン・プフールシュタイン少将
1944年4月10日　フリードリヒ・キュールヴァイン中将

3 構成

「ブランデンブルク」特殊部隊　1942年
第801特殊部隊
第802特殊部隊
第803特殊部隊
第804特殊部隊
第805特殊部隊
第800沿岸猟兵大隊
第800通信隊

「ブランデンブルク」師団　1943年
「ブランデンブルク」第1連隊
「ブランデンブルク」第2連隊
「ブランデンブルク」第3連隊
「ブランデンブルク」第4連隊
「ブランデンブルク」第5教導連隊
「ブランデンブルク」沿岸猟兵大隊
「ブランデンブルク」通信隊

付録6　特殊部隊「ブランデンブルク」装甲擲弾兵師団

〔原注：この編制表は、"Lexikon der Wehrmacht"（www.lexikon-der-wehrmacht.de）編集者の好意により同サイトから引用したもの〕

1　動員と隷属関係

「ブランデンブルク」装甲擲弾兵師団は1944年9月15日に編成された。これはOKW（アプヴェーア）直轄の「ブランデンブルク」師団を改称したものである。この時点で各連隊はベオグラード地区で戦闘を行なっていた。

1944年10月17日、「ロードス」突撃師団の一部が師団に編入された。1945年1月には、東プロイセンからシュレージエンへの輸送中、ソ連軍がヴァイクセル川で突破したために逐次投入され、甚大な損失を被った。その後の1945年3月10日、師団はオーデル川で「グロースドイッチュラント」補充旅団により再編され、ドイッチュ=ブロト地区でソ連軍に投降した。

1944年

日付	軍団（※）	軍	軍集団	所在
11月	LXVIII	第2装甲軍	F	ベオグラード、のちクロアチアの

1945年

日付	軍団	軍	軍集団	所在
1月	再編中			東プロイセン
2月	GD（※※）	第4装甲軍	中央	ラウジッツ
5月	Ⅲ	第1装甲軍	中央	オルミュッツ

※〔監訳注：これらは隷下に入った上級組織を示す〕
※※〔訳注：GD：グロースドイッチュラント〕

2 師団長

フリッツ・キュールヴァイン中将（1944年9月15日〜1944年10月16日）
ヘルマン・シュルテ＝ホイトハウス（1944年10月16日〜1945年5月）

参謀長

エラスムス参謀科中佐（1945年）

3 編制

「ブランデンブルク」装甲擲弾兵師団　1944年10月

「ブランデンブルク」第1猟兵連隊
「ブランデンブルク」第2猟兵連隊
「ブランデンブルク」戦車猟兵〔監訳注：対戦車部隊〕大隊
「ブランデンブルク」通信大隊
「ブランデンブルク」野戦補充大隊
「ブランデンブルク」師団直属諸隊

「ブランデンブルク」装甲擲弾兵旅団　1945年3月
「ブランデンブルク」戦車連隊
「ブランデンブルク」第1装甲猟兵連隊〔監訳注：「装甲猟兵」と称しているが、こちらは自動車化歩兵〕
「ブランデンブルク」第2装甲猟兵連隊〔監訳注：同右〕
「ブランデンブルク」装甲捜索大隊
「ブランデンブルク」装甲砲兵大隊
「ブランデンブルク」戦車猟兵大隊
「ブランデンブルク」通信大隊
「ブランデンブルク」野戦補充大隊
「ブランデンブルク」師団直属諸隊

付録7 「シル」部隊（遊撃隊）

ＦＡＫ〔監訳注：前線捜索部隊 Frontaufklärungskommando の略号〕２０２指揮官ヴィッツェル大尉のウクライナでの作戦行動（本件に関する報告については以下を参照）の知見に基づき、１９４４年末から１９４５年初頭にかけて、いわゆる「遊撃隊」が編成され、「シル部隊」に統合された。これら部隊の任務は、ソ連軍に占領されたドイツ領内で破壊活動を実施することだった。作戦はドイツ軍の制服を着用して行なわれた（したがって、敵に偽装する作戦ではない）。部隊はＦＡＫ２０２の管轄下に置かれた。

部隊の駐屯地はバート・ライネルッであり、指揮官はハンス＝アルベルト・ラインケマイヤー大尉（私が知る限りでは、１９５０年から外務省所属）だった。それ以外の将校で私が覚えているのは、ジークフリート・ザウアー少尉（１９５５年までソ連に抑留され、ドイツ連邦軍に入隊し、最終階級は中佐）、トマージウス中尉（私の記憶では同じく連邦軍に入隊）。

この経緯（ウクライナでの作戦行動）については「付録1」の [8] WITZEL, Dietrich F.:Kommandoverbände der Abwehr II im Zweiten Weltkrieg; in:Militärgeschichtliches Beiheft zur Europä-ischen Wehrkunde, Wehrwissenschaftliche Rundschau 5/1990 の次の記述を参照されたい。

「終戦まで、第Ⅱアプヴェーア部隊あるいは第Ⅱ前線捜索部隊はあらゆる戦域で無数の特殊作戦を実施した。特に特徴的なもの二点について簡単に触れておこう。

『キルン作戦』は、もともとは第Ⅱアプヴェーア部隊が実施した活動を踏襲した作戦であり、政治色の強いものだった。ドイツの政策が公式にはウクライナの民族的願望と対立していたにもかかわらず、ＦＡＫ２０２はウクライナ民族主義者との関係を完全に断ち切ったわけではなかった。

同部隊は１９４４年夏、ドイツの意思決定者に対し、今や以下の内容を証明する時機が到来したとみなした。すなわち、ソ連の後背地ではもう、強力かつ極めて広範な民族集団を包含する統制のとれた反ソ・ウクライナ民族パルチザン運動がＵＰＡ〔原注：ウクライナ蜂起軍（ウクライナ語：Українська Повстанська Армія、ポーランド語：Ukraińska Powstańcza Armia）は、「ウクライナ民族主義者組織」（OUN、ウクライナ語：Організація Українських Націоналістів/Orhanisazija Ukrajinskych Nazionalistiw）の軍事部門だった。第二次世界大戦中は主に西ウクライナで赤軍と戦った）という形で存在しており、ドイツ占領時には『ヒトラーの占領軍』に対してパルチザン戦争を実施していたとはいえ、これを支援するのがドイツの利益になるということだった。

１９４４年８月中旬、トゥルカ地区においてＦＡＫ２０２とＵＰＡ野戦指揮官とが初めて接触し――当初は控え目に――武器がＵＰＡに供与された。接触はのちに強化され、１９４４年10月６日、ＦＡＫ指揮官キルン大尉指揮下のＦＡＫ２０２遊撃隊七人がウショク峠西の主陣地を横断して東を目指し、ＵＰＡの連絡員一人がこれに同行した。遊撃隊はソ連後背地（ストルイ―カルシュ地区）において５週間以上にわたって活動し、ＵＰＡの戦闘力とドイツ・ウクライナ協力の可能性を実証した。ソ連軍戦線の後方１８０キロメートルにあるシュテファノフカでは、遊撃隊員が村民と共に仮設飛行場を設営した。そこに１９４４年11月７日から８日にかけての夜、第２００爆撃航空団のＪｕ52一機が着陸し、遊撃隊員をクラコフへと連れ帰った。

『キルン作戦』の結果としてもたらされた政治領域における最も重要な効果の一つは、バンデーラやステッコその他、ザクセンハウゼン強制収容所の重要人物棟に収監されていたウクライナ独立国の先駆者が釈放されたことである。これをもって、初回接触時にキルン大尉がＵＰＡ野戦指揮官にした約束が果たされたのである。軍事領域においては、この釈放と敵後方における作戦で得られたＵＰＡ司令官との個人的連絡によって、主陣地の背後でもドイツとウクライナの緊密かつ的確な協力の前提条件がもたらされたのだった。

ＵＰＡの連絡員一人が属したＦＡＫ２０２は、ＵＰＡ用の武器や装備品の投下を伴う補給飛行も手配していた。しかし、戦争が進展するにしたがって、ＵＰＡへのこれら支援は終了した。とはいえ、ＵＰＡは西側連合国とソ連邦との武力紛争を期待しつつ、ソ連とポーランドによる管理行政とそれら軍隊に対する闘争を、１９４０年代末まで続けたのである」

訳者あとがき

並木　均

　第二次世界大戦中のドイツ軍人による手記は、本邦においてもこれまで多数が翻訳出版されてきたが、本書は具体的な活動がほとんど知られることのなかった特殊部隊「ブランデンブルク」の元隊員による回想録であり、その意味においても極めて稀有なものである。

　本書の構成は二つに大別される。前半はブランデンブルク隊員としての記述であり、同部隊の特性やソ連における対パルチザン活動、不快極まる湿地帯での作戦行動、イタリア山岳地帯での活動などが本人の戦時中の日記などを基に活写されている。

　一方、後半においては、ブランデンブルク隊員であったことから「戦犯」として一〇年の長きにわたってソ連各地の労働収容所や刑務所に収監された体験が記されている。その中には、収容所からの脱走の試みや「エース」戦闘機パイロットのエーリヒ・ハルトマンとの交流、収容所で出会った日本人捕虜についての描写などもあり、実に興味深い。

戦後もすでに七六年が経過し、当時の兵士たちの最後の生存者も次々と鬼籍に入る現状からすれば、彼らの肉声を聞ける機会は今が最後となろうし、本書がそうした当事者の証言をまとめた貴重な一冊であることに間違いはなかろう。

ちなみに、著者ヒンリヒ＝ボーイ・クリスティアンゼンは無名の人物だが、晩年にインタビューを受けた折の映像がYouTubeで視聴可能なので、ご興味のある方はご覧いただきたい（Hinrich-Boy Christiansenで検索のこと）。

なお、本書は、現代史家の大木毅氏と並木書房編集部から翻訳出版のご提案をいただき、それに訳者（並木）が応じさせていただいて発刊に至ったものである。

そのような機会を与えてくださった大木氏に対し、末尾ながらこの場を借りて深甚なる謝意を表したい。

二〇二一年三月

Hinrich-Boy Christiansen（ヒンリヒ=ボーイ・クリスティアンゼン）
1924年ドイツ／キール生まれ。1942年に「ブランデンブルク」特殊部隊に入隊、ソ連およびイタリアにて特殊作戦に従事。敗戦後は捕虜および「戦犯」としてソ連に抑留され、その間に脱走を試みるも、1955年まで労働収容所や刑務所で服役。帰国後は大学教育を経て国家公務員として西ドイツ政府に奉職。1992年および1998年にロシア連邦政府により名誉を回復。2014年リューベックにて没。

大木　毅（おおき・たけし）
現代史家。1961年東京生まれ。立教大学大学院博士後期課程単位取得退学。DAAD（ドイツ学術交流会）奨学生としてボン大学に留学。千葉大学その他の非常勤講師、防衛省防衛研究所講師、国立昭和館運営専門委員等を経て、著述業。『独ソ戦』（岩波新書）で新書大賞2020大賞を受賞。主な著書に『「砂漠の狐」ロンメル』『戦車将軍グデーリアン』『「太平洋の巨鷲」山本五十六』『日独伊三国同盟』（以上、角川新書）、『ドイツ軍事史』（作品社）、訳書に『戦車に注目せよ』『「砂漠の狐」回想録』『マンシュタイン元帥自伝』『ドイツ国防軍冬季戦必携教本』（以上、作品社）など多数。

並木　均（なみき・ひとし）
1963年新潟県生まれ。中央大学法学部卒。訳書に『大西洋の脅威U99』『Uボート、西へ！』（以上、潮書房光人新社）、『Uボート戦士列伝』（早川書房）、『Uボート部隊の全貌』（学研パブリッシング）、『戦略インテリジェンス論』（共訳・原書房）、『情報と戦争』『ナチスが恐れた義足の女スパイ』（以上、中央公論新社）、『始まりと終わり』『急降下爆撃』（以上、ホビージャパン）など多数。

ブランデンブルク隊員の手記
—出征・戦争・捕虜生活—

2022年4月5日　印刷
2022年4月15日　発行

著　者　ヒンリヒ=ボーイ・クリスティアンゼン
監訳者　大木　毅
翻訳者　並木　均
発行者　奈須田若仁
発行所　並木書房
〒170-0002東京都豊島区巣鴨2-4-2-501
電話(03)6903-4366　fax(03)6903-4368
http://www.namiki-shobo.co.jp
印刷製本　モリモト印刷
ISBN978-4-89063-418-7